LE DERNIER

Du même auteur dans la même collection :

Interdit !
L'été des défis
Les aventures de Mister Bulok
Une souris verte et autres délires

Pour Corentin, mon incroyable corsaire !
F. J. M.

2ᵉ impression : juillet 2017

© 2014 Alice Éditions, Bruxelles
info@alice-editions.be
www.alice-editions.be
ISBN 978-2-87426-214-2
EAN 9782874262142
Dépôt légal : D/2014/7641/04
Imprimé à Malte par Gutenberg.

Toute reproduction d'un extrait quelconque de ce livre,
par quelque procédé que ce soit,
et notamment par photocopie, microfilm ou support
numérique ou digital, est strictement interdite.

Florence Jenner Metz

LE DERNIER MONDE

ILLUSTRATIONS DE LIONEL LARCHEVÊQUE

Prologue

— Tu es certain que c'est le bon chemin ?

Anatole n'en mène pas large. Il fait froid, la nuit est totalement opaque et le quartier ressemble à un vrai coupe-gorge.

— Il n'y a pas d'autre chemin pour se rendre à l'adresse qu'elle nous a donnée, répond Basile, également sur ses gardes.

— On se grouille, alors. J'ai pas envie de rencontrer qui que ce soit ici. Il fout les chocottes, cet endroit.

L'espace d'un instant, Anatole regrette. Il n'aurait peut-être pas dû accepter l'étrange invitation de Marie… Mais voilà, maintenant, plus question de rebrousser chemin. Lui et Basile sont presque arrivés. Et puis, c'est avant tout une question d'honneur. Que raconterait Marie à tous leurs copains s'ils n'allaient pas au rendez-vous ?

1.

Pourtant, le matin, tout a commencé comme une journée ordinaire.

Anatole a avalé son traditionnel cacao chaud. Son chat Mistigri lui a adressé un miaou plein de compassion avant son départ pour l'école. Et, cerise sur le gâteau, le calendrier lui a rappelé que les vacances de Noël étaient à portée de main.

C'est au beau milieu du cours d'informatique que la journée a pris une autre tournure… quand Théotime a hurlé de douleur.

Anatole avait toujours pensé que rien, ni personne, ne pouvait le surprendre. C'est normal : c'est un as de la descente en skate dans les escaliers de l'immeuble, il est capable de tenir une bulle de chewing-gum aussi grosse qu'une balle de tennis plus de deux minutes, et, surtout, il est réputé pour dompter les puces dans le cirque miniature de son ordinateur ! Avec son meilleur copain Basile, ils ont combattu sur leur PC des milliers de monstres poilus, ventrus et perclus de pustules !

Alors, quand Marie, une fille d'ordinaire plutôt sympa et discrète, a retroussé ses manches en ricanant au beau milieu du cours d'informatique, Anatole n'a pas vraiment réagi.

Mais, quand elle s'est mise à défier Théotime au bras de fer et lui a aplati violemment l'avant-bras sur le banc en faisant valser le clavier de son ordinateur dans les airs, Anatole, perplexe, a levé un sourcil.

La main de Théotime est brutalement venue écraser la souris dans un craquement sinistre.

— Aïe ! T'es pas folle ? a hurlé le garçon en massant ses pauvres doigts meurtris.

Pendant quelques instants, la maîtresse est restée bouche bée, la main levée, son regard vide rivé sur Marie, à se demander ce qu'il arrivait à son élève la plus douce et la plus docile.

— Mais… mais… nous faisons des recherches sur les petits animaux des jardins et des prés… On n'est pas sur un ring, ici ! s'est époumonée la maîtresse en reprenant ses esprits.

Imaginant le pire, elle s'est alors ruée sur Théotime qui grimaçait, pour compter un par un les doigts du garçon. Ouf, le compte y était. Mais Marie n'en avait que faire. Le menton levé fièrement, elle jubilait. Ses yeux semblaient embués par un petit brouillard phosphorescent. C'était impressionnant… On aurait dit un robot bionique venu exterminer les garçons de la classe.

Puis, elle s'est tournée vers Basile et Anatole et, dardant sur eux son regard étrange, elle a dit, subitement plus calme :

— Eh, vous deux, les fans d'informatique, j'ai déniché un jeu vidéo exceptionnel. Surnaturel, plutôt… Hi hi ! Admirez le résultat : il muscle autant le cerveau que les biceps. Grâce à lui, je suis la fille la plus forte du monde !

Anatole n'a rien dit. Mais cette fois-ci, il était bluffé. Totalement bluffé !

Bien entendu, il n'était pas dans les intentions de la maîtresse d'installer un ring au centre de la classe avec quelques bons jeux vidéo pour vérifier les dires de Marie.

— On n'est pas à la foire ! Au travail, les enfants ! Chacun fait sa recherche. Puisque votre ordinateur est hors d'usage, Marie, tu travailleras avec Basile et Anatole, et Théotime avec Corentin.

La voix de la maîtresse, suraiguë, a frôlé le plafond et, si les écrans d'ordinateur avaient été en cristal, ils se seraient brisés instantanément.

Basile a pesté. C'était déjà très ennuyeux de devoir étudier les campagnols, mais si, en plus, il devait travailler avec Marie qui se prenait pour un super héros… la matinée risquait d'être électrique !

— Qu'est-ce qui lui arrive, à cette fille, aujourd'hui ? a demandé tout bas Basile à Anatole. Il y a quelques jours encore, c'était un petit agneau blotti dans les pattes de sa mère…

C'est vrai que, depuis quelque temps, Marie semblait avoir troqué sa légendaire timidité et sa retenue contre une assurance et un sens du sarcasme hors du commun. C'était arrivé d'un coup, comme si la venue de l'hiver l'avait réveillée. Ou… comme si ses parents l'avaient échangée contre une autre, en apparence identique, avec les mêmes couettes blondes, mais avec un cerveau et un cœur… artificiels. Une Marie bionique…

— Elle a dû manger du lion. Du lion enragé, a précisé Anatole en esquissant un petit sourire moqueur.

Basile a caché un petit rire complice derrière sa main. Mais la plaisanterie n'a pas échappé à Marie qui a pivoté sur son siège et s'est penchée vers les deux garçons.

— Dites donc, les deux comiques, contentez-vous de nous faire un bel exposé sur le charmant petit campagnol de nos jardins… si vous y arrivez !

Elle avait parlé d'une voix claire et forte pour que toute la classe l'entende. À nouveau, le temps semblait s'être arrêté. On ne percevait plus un bruit, si ce n'est le ronronnement des ordinateurs. Surpris, tous les élèves ont regardé Marie. Théotime, qui n'avait pas fini de pleurnicher, s'est recroquevillé sur sa chaise. Il ne manquait plus qu'elle lui fasse une prise de karaté.

— Oui, oui, on travaille, Madame, on travaille… Nos amis les campagnols…, a repris Marie, d'un ton ironique, en croisant le regard furieux de la maîtresse.

Puis, elle s'est penchée à nouveau vers les deux garçons. Dans ses yeux serpentaient des espèces de filaments qui paraissaient sur le point de s'embraser à la moindre étincelle.

— Vous me croyez totalement folle, c'est ça ? Vous croyez que j'ai fait de la gonflette sur la Wii avec mon père pour battre Théotime et qu'en fait, j'ai le cerveau ramolo ? Eh bien, je vais vous montrer ce que j'ai dans le crâne.

— Ben… on n'a rien dit, a marmonné Anatole.

Mais Marie ne les écoutait pas. Après s'être assurée que la maîtresse ne regardait pas dans leur direction, elle a arraché le clavier des mains de Basile et pianoté aussi vite que l'éclair.

Sur l'écran, une série d'entrées ont défilé.

— Et voilà, a-t-elle fini par dire en cliquant d'un geste magistral sur un des liens.

Elle a souri fièrement en défiant les deux garçons du regard. Mais pour qui elle se prenait ? Pourtant, Anatole n'a rien dit. Il fixait l'écran, hypnotisé…

Du fond noir surgissaient des rais de lumière éblouissants. On aurait dit des rayons laser qui sortaient de l'écran. À une vitesse ahurissante, ils balayaient la salle de classe du sol au plafond, aveuglant au passage Anatole et Basile. Puis un éclair rougeoyant est venu foudroyer le titre du jeu, qui s'est écroulé en de minuscules bris de verre, pratiquement sur les sweat-shirts des deux garçons. Absolument époustouflant…

Sur la page d'accueil du site est alors apparue cette phrase :

Le Dernier Monde… un jeu interactif. En vente sur Internet à partir du 23 décembre.

— Wouah… et c'est ce jeu-là qui rend fort et intelligent ?

Marie les toisait, l'air satisfait. Elle avait à nouveau marqué un point.

— Ce n'est qu'une démo que j'ai pu télécharger… enfin, mon père. Il est informaticien. Mais pas la peine d'essayer, ni même de penser y arriver. Il faut être pro pour trouver cette démo et en percer le code d'accès ! Ce que vous venez de voir, ce n'est qu'une pub, une simple pub…

— Ça en jette quand même, l'a interrompu Basile en tendant sa main vers le clavier.

— Pas ici ! l'a coupé Marie, en fermant aussitôt la session. Si vous voulez découvrir le jeu le plus incroyable de l'année, et même du siècle, et, surtout… m'affronter, moi, la grande spécialiste des jeux vidéo, venez chez moi, ce soir, à 17 heures. Je fête mon anniversaire. Et soyez ponctuels ! Je déteste les retardataires.

Avant que les deux garçons aient pu dire quoi que ce soit, Marie a tapé « campagnol » sur le clavier.

— Allez ! Au boulot, les gars. Cet adorable rongeur s'impatiente !

Et elle leur a tourné le dos. Anatole l'entendait glousser comme une pintade derrière lui. Décidément, cette fille l'horripilait au plus haut point !

— Quel culot, tout de même ! s'est étranglé Basile. Et dire qu'elle était tellement sympa autrefois. Ce jeu l'a transformée en une véritable furie.

— On dirait bien...

Anatole a laissé un moment son regard se perdre sur l'écran d'ordinateur qui affichait une série de photos de campagnols dont il ne se souciait pas.

— Qu'est-ce qu'on fait, alors ? a-t-il repris en se rapprochant de son copain. J'ai tout de même envie de découvrir cette démo, et de rabattre le caquet de cette fille par la même occasion... On y va ce soir ?

Les deux meilleurs copains ont hésité un moment... Internet n'a pas toujours été leur ami[1]. Bien au contraire. Ils en ont déjà vu des vertes et des pas mûres. Mais là... si le père de Marie était dans le coup... Un informaticien, de surcroît... Il ne devait y avoir aucun danger.

Et puis, leur réputation était en jeu : ils étaient les deux plus grands experts en jeux vidéo de toute l'école. Aucun monstre, aussi féroce soit-il, ni aucun piège, sophistiqué et ingénieux, ne pouvait leur résister. Des pros, voilà ce qu'ils étaient. Le défi lancé par Marie serait un jeu d'enfants !

— Mais, tu sais où elle habite ? a demandé Basile en fronçant les sourcils.

— Tout le monde le sait. Dans le quartier du Marais... juste derrière le cimetière...

---

1 Lire *Interdit !* de Florence Jenner Metz, dans la même collection.

— Ma mère dit que, ce coin-là, c'est un vrai coupe-gorge une fois la nuit tombée, a ajouté Basile de plus en plus bas.

— On peut être très prudents… et on n'est pas forcés de dire où on va exactement…

— Ça marche ! Et puis, je n'y suis jamais allé, dans ce quartier…, a lancé le garçon en décochant un clin d'œil complice à Anatole.

— Alors, c'est parti pour l'aventure !

Anatole a souri. C'est sûr, il n'aurait jamais manqué cette occasion en or : découvrir où vivait cette drôle de fille et s'essayer au jeu le plus formidable de l'année !

C'est ainsi qu'Anatole et Basile se sont retrouvés, ce soir-là, emmitouflés dans leur manteau, à arpenter les rues du quartier le plus mal famé de la ville.

2.

— Tes parents ne t'ont rien demandé ? questionne Basile.
— Je leur ai raconté qu'on allait voir le nouveau chien de Mathieu et qu'on serait de retour vers 19 heures.

Anatole n'aime pas mentir, encore moins à ses parents. Mais, aujourd'hui, la tentation est bien trop grande et, si Anatole leur avait avoué ce qu'il allait faire, et surtout où il allait le faire – le quartier de Marie a vraiment mauvaise réputation –, le risque d'un refus catégorique aurait été très très important.

Basile esquisse un petit sourire. Il connaît bien son copain et l'imagine aisément en train d'inventer un mensonge parfait à raconter à ses parents. Tout comme lui-même l'a fait en laissant croire à sa mère qu'il allait jouer chez Anatole. Après tout, c'est bientôt les vacances de Noël : ils peuvent bien s'amuser un peu ! Et puis, ils habitent juste l'un au-dessus de l'autre.

C'est d'ailleurs cette proximité qui leur a permis de se rencontrer alors qu'ils portaient encore des couches-culottes et allaient jouer au bac à sable avec leur pelle et leur seau. Depuis, ils partagent tout : des pactes scellés dans l'obscurité de la cave de l'immeuble, aux bêtises les plus farfelues ! Comme deux frères de sang.

Les deux amis longent le canal illuminé par d'élégants réverbères. Bientôt, les lumières deviennent rares et de vieux immeubles sales succèdent aux jolis pavillons bien entretenus.

— J'ai eu le temps d'aller jeter un œil sur Internet, chuchote Basile, comme s'il craignait d'être entendu.

— Alors ?

— Brrr, fait frisquet, dis donc !

Basile frisonne autant de froid que de plaisir. Mentir, quand il n'y a pas de danger, ça a du bon... Un soupçon de peur, pas trop, juste ce qu'il faut pour se sentir grand, ça donne des ailes.

— Alors ? insiste Anatole, bien plus intéressé par le jeu que par la fraîcheur de la soirée.

Après tout, c'est normal qu'il fasse froid. On est en décembre : la nuit tombe vite et le fond de l'air est piquant. Seules les lumières clignotantes des guirlandes qui flottent autour des lampadaires apportent un semblant de chaleur.

— Marie a raison : ce qu'on a vu, ce n'était que la promo d'un jeu qui sort dans quelques jours. La démo dont elle nous a parlé, il faut la télécharger autrement. Et il faut aussi avoir un code... Seules les personnes autorisées peuvent y jouer. Sans doute pour donner leur avis avant le lancement du jeu sur le marché...

— Seules les personnes autorisées... et celles qui savent se faufiler dans les méandres d'Internet. Mais c'est tout de même bien étrange d'en compliquer l'accès... Si les concepteurs veulent vendre un maximum de jeux, mieux vaut appâter le plus de monde possible... !

Basile hausse les épaules et remonte son col. Il fait un froid à ne pas mettre un chien dehors. Une atmosphère parfaite... pour un jeu de fin du monde !

Les deux garçons se taisent et avancent à vive allure, frôlant à peine le macadam de peur de rompre le silence ambiant.

Enfin, ils passent devant le cimetière de la ville, aussi silencieux que le reste. Un vrai cauchemar, ce chemin. Il ne manquerait plus qu'ils se fassent couper la gorge !

— 23, impasse des Acacias. On y est enfin. Et entiers, souffle Basile à l'oreille de son copain.

— Mince, elle habite au-dessus… d'un bar ? « La Relève », déchiffre Anatole en pointant du doigt la pancarte branlante au-dessus de la porte.

Basile jette un œil furtif à la devanture. Un brouhaha indistinct s'échappe de l'endroit mal famé. Mais la vitre, recouverte de buée, ne dévoile rien d'autre qu'une lueur jaunâtre et des ombres informes.

— De l'extérieur, on dirait un repaire de brigands, dit Anatole en décochant un coup de coude à son copain pour détendre l'atmosphère.

Mais son estomac est noué et son cœur bat la chamade.

— Je me demande bien ce qui a pris aux parents de Marie de venir habiter juste au-dessus d'un tel endroit ? poursuit-il en s'approchant de la porte adjacente qui mène aux étages.

— Va savoir. Peut-être qu'ils sont tous étranges dans cette famille…

Secoué par un petit rire nerveux, Basile lève les yeux vers le haut de l'immeuble. À proprement parler, il s'agit plutôt d'une grande maison défraîchie, avec de vieilles moulures. Une bâtisse qui fut sans doute un jour jolie. Aucune lumière ne vient égayer la triste façade. Tout semble désert au-dessus de ce qui ressemble à un antre de voleurs.

— On y va ? demande Basile le doigt sur la sonnette, pressé de quitter la rue.

Anatole acquiesce en silence. Quel plaisir délicieux de braver l'interdit et de se frotter au danger… de l'autre côté de la vitre…

— Ah ! vous voilà ! Vous avez failli être en retard ! Dépêchez-vous !

C'est Marie qui vient de passer la tête par l'entrebâillement de la porte.

— Mince alors ! Tu étais derrière la porte ?
— Allez, allez, on n'attendait plus que vous !
— Pour souffler les bougies ? hasarde Anatole, surpris.
— Pfff, c'est pas mon anniversaire ! C'était juste un prétexte !

Mais la jeune fille aux boucles blondes ne laisse pas le temps aux deux garçons de réagir. Déjà, elle les tire par le bras, s'assurant au passage que personne ne les a vus entrer.

— Pas en haut, murmure-t-elle, le front plissé, en jetant un œil dans la cage d'escaliers. Mes parents ne sont pas encore rentrés. Ce soir, c'est ici que l'on officie.

Et elle pousse une porte étroite dans l'ombre des escaliers. Celle qui donne sur le bar. Le bar La Relève.

3.

Une balafre, longue et profonde, qui barre la joue de part et d'autre. Deux petits yeux de fouine qui se noient dans leurs orbites. Anatole ravale sa salive. Le visage qui le fixe depuis de trop longues secondes se détourne enfin. L'homme à la joue entaillée s'efface pour laisser passer les trois amis. Il y a aussi une vieille dame, un cabas à la main, un gros homme au rire gras qui envahit toute la pièce et deux jeunes, un bonnet noir vissé sur la tête et des canettes de bière sous le bras. Puis le regard de Basile et Anatole se pose sur un comptoir qui semble dater d'un autre âge, surmonté d'une caisse enregistreuse manuelle qui pousse des gling gling plaintifs. Aux murs, des étagères s'élèvent jusqu'au plafond, où s'accumulent pêle-mêle des bocaux de cornichons, des boîtes de trombones et des rouleaux de papier WC.

— Ce n'est pas un troquet, mais une épicerie ! chuchote Basile en se penchant vers Anatole. Une épicerie où l'on trouve tout et n'importe quoi, on dirait !

Anatole lève les yeux discrètement vers le balafré qui le fusille à nouveau du regard. Bar ou épicerie, tout ici le fait frissonner.

« Un repaire de brigands, à coup sûr… », pense-t-il en scrutant le sol carrelé et fissuré à la recherche d'impacts de balles.

— Tu crois qu'ils sont en train de choisir lequel d'entre nous sera pendu haut et court ? lui demande Basile, les yeux rivés sur la blessure de l'homme, une vraie de vraie, plus affreuse que dans les films de gangsters.

— On peut y aller, grand-mère ! s'écrie alors Marie, tout excitée.

Une forme élancée, que les garçons n'avaient pas remarquée jusqu'alors, se redresse d'entre les cageots de brocolis et se campe devant eux. C'est une femme entre deux âges, au visage osseux et aux mêmes cheveux blonds que leur copine, mais tirés en arrière. Elle est affublée d'un étrange pantalon de cuir noir et d'un corsage sombre. Ses deux poings sur les hanches, elle arbore un petit sourire en coin. Une sorcière ?

— Alors, ce sont eux ?

Marie jubile, le regard illuminé, puis décoche un clin d'œil à sa grand-mère. La vieille femme se penche vers sa petite-fille et ses deux amis.

— Alors, amusez-vous bien ! glousse-t-elle.

Puis elle ajoute :

— Je ne suis ni une sorcière, ni une pirate. Cool, les garçons ! Oui, oui, Monsieur Jean, j'arrive, s'exclame-t-elle encore en se retournant vers le gros homme qui, impatient, frappe du pied le sol.

« En plus, elle lit dans nos pensées », se disent les garçons, peu rassurés.

Mais elle disparaît rapidement derrière le comptoir et se met à discuter avec ses clients tout en cherchant du papier journal pour emballer le kilo de clémentines qui attend patiemment sur la balance.

— Ta grand-mère… ta grand-mère est…

— Épicière. Oui ! Elle fait vivre tout le quartier ! Elle est géniale, non ? Et puis, elle nous a même prêté son bureau pour qu'on puisse jouer en toute quiétude…

— C'est quoi, cette embrouille ? lance Anatole à Basile, tout en suivant la jeune fille.

— Au moins, je n'ai pas vu de kalachnikovs à vendre sur les étagères, répond son copain. C'est déjà ça !

Marie entraîne les deux garçons derrière le comptoir en attrapant au vol quelques bananes.

— Du ravitaillement. On en aura besoin.

Puis, elle ajoute, en poussant du pied une autre porte :

— C'est là.

Dans la pièce, uniquement éclairée par une petite lampe de bureau, Basile et Anatole distinguent tout d'abord une fenêtre qui donne sur la rue. Puis des caisses de bière empilées les unes sur les autres. Et, enfin, une grande table où trône un écran. Un écran immense. Un écran allumé sur lequel on peut lire : *Le Dernier Monde...*

— Cette fois-ci, on peut commencer ! exulte Marie.

4.

— J'arrive bientôt au niveau deux, explique-t-elle en s'asseyant devant l'écran. C'est un jeu d'action mais, comme je vous l'ai dit à l'école, c'est aussi un jeu de réflexion : il y a des énigmes corsées. Regardez...

Autour d'elle, les garçons retiennent leur souffle alors que Marie tape un code à vingt-quatre chiffres qu'elle connaît par cœur.

Et puis, soudain, Anatole, comme sortant de transe, se racle la gorge, secoue la tête et fronce les sourcils.

— Pourquoi nous ? Nous deux, je veux dire. Basile et moi.

— Comment ?

Le bras droit de Marie, qui s'apprêtait à valider le code, reste suspendu en l'air, alors que, sur l'écran, un voyant « start » clignote.

— Pourquoi nous avoir proposé de venir ici, dans cet endroit… pour le moins étrange ? On se connaît un peu, c'est vrai, mais de là à nous inviter pour jouer à un jeu vidéo avec toi…

— Oui, j'aimerais le savoir aussi ! renchérit Basile en croisant les bras.

Marie fait volte-face en pivotant sur son fauteuil.

— Vous posez vraiment des questions sans intérêt.

— Moi, la réponse m'intéresse, insiste Anatole. Pourquoi nous ? Et pourquoi ici ?

Sur le front de la jeune fille, quelques gouttes de sueur se mettent à perler, mais, dans la pénombre, personne ne le remarque.

— Pfff… parce que… vous êtes des pros en informatique et que vous vous vantez toujours d'être les meilleurs en jeu vidéo… Voilà, c'est ça ! Je voulais vérifier. C'est tout simple. Et, je vous l'ai dit, chez moi, ce n'est pas possible : mes parents ne sont pas là. Et, à l'école, la maîtresse ne nous laisserait jamais jouer...

Un court instant, on n'entend plus que le brouhaha confus provenant de l'épicerie et le ronronnement de l'ordinateur. Marie reprend :

— Ne me dites pas que vous êtes des trouillards ? On peut encore tout arrêter. Et jamais, jamais, vous ne connaîtrez ce jeu...

— OK. On y va, finit par articuler Basile en décroisant les bras. Mais dis-moi quand même pourquoi vous habitez ici ? C'est un quartier pour le moins...

— Déroutant ? le coupe-t-elle. Moi, j'aime bien être ici. Cette maison appartient à ma famille depuis quatre-vingts ans. Et ce quartier, quand on le connaît, il est vraiment sympa.

Et la jeune fille se retourne vers l'écran. Elle a le teint blême, mais les deux garçons ne le remarquent pas. Ils ne la voient pas davantage souffler et essuyer son front du revers de la manche.

— Et maintenant, chaussez vos lunettes, s'exclame-t-elle en montrant les trois paires posées sur le bureau.

— Des lunettes ? demande Anatole.

— Vous allez voir ce que vous allez voir...

Une fumée grise semble sortir de l'ordinateur et souffler dans leurs cheveux avant de les encercler. Les deux garçons ont un mouvement de recul.

— Un jeu en 3D ! s'écrie Anatole, au comble de l'enthousiasme. C'est du jamais vu !

Cette fois-ci, les garçons sont conquis. Marie sourit, satisfaite.

La jeune fille manipule la souris avec la maîtrise d'une experte. Elle incarne une jolie timonière rousse et doit traverser des galeries souterraines envahies d'araignées velues qui semblent à chaque fois lui sauter au visage. Avec dextérité, Marie se défait du monstre des ténèbres qui surgit à son côté sans crier gare. Au début, les garçons sursautent ou reculent à chaque apparition, puis finissent par s'habituer, avec un plaisir évident, aux effrayantes créatures qui jaillissent dans l'obscurité de l'arrière-boutique de l'épicerie La Relève.

Après le réseau de galeries, Marie doit à présent emprunter un sentier boueux qui se cache sous une végétation luxuriante – une sorte de forêt tropicale surnaturelle où les plantes peuvent à tout instant se muer en monstres. Le bureau de la grand-mère de Marie n'est plus un entrepôt de casiers de bouteilles vides, mais une jungle impénétrable où des lianes pendent du plafond. Constamment surgissent des pièges diaboliques qu'il faut déjouer : traverser un ravin en s'agrippant au perroquet sauvage qui se dissimule dans les branches, trouver le fil qui dénouera la toile d'araignée… Heureusement, sur son passage, des potions variées redonnent à Marie de l'énergie vitale, car une morsure d'araignée ou une attaque de monstre peut très vite dévorer ses forces de vie. La jeune fille est très adroite et réfléchit vite :

— Le fil d'araignée qui amorce la toile est forcément plus épais, car il maintient le tout… Vous voyez, ça, ce sont des défis que j'aime.

Déjouant tous les obstacles qui se dressent sur son chemin, Marie arrive au bout du parcours. À sa droite surgit alors un petit coffre scintillant.

Anatole ne dit rien. Bien que pris d'un léger vertige, il ne peut détacher son regard du jeu, envoûtant et magique, qui envahit littéralement le bureau. Tout son corps semble relié au jeu. Des cordes invisibles entre le Dernier Monde et son esprit se nouent inexorablement… C'est le jeu le plus incroyable du monde !

— La démo possède deux niveaux. Le jeu en aura dix en tout, je crois. J'arrive à la fin du premier. L'objectif, ici, est de parvenir à ouvrir le coffre du pirate Ratcour le Terrible, celui que je viens de trouver. Comme vous le voyez, il faut être très réactif : une créature affreuse ou un cataclysme peut surgir à tout instant.

À peine ces paroles proférées, une colonne d'air vient balayer le visage des enfants, comme si le jeu était vivant et avait entendu Marie. D'un mouvement rapide et précis, elle déplace son personnage, qui s'aplatit sur le sol. La bourrasque vient mourir contre les caisses de bière qui gémissent doucement.

— Mince, c'est réel à un point, ce jeu…, murmure Anatole, fasciné.

— Et c'est quoi, exactement, ça ? demande Basile en posant le doigt sur un vieux sac de jute marron qui sort à moitié du coin gauche de l'écran.

Il semble respirer au rythme de l'aventure.

— C'est, d'une part, ce que j'ai gagné : mes réserves de potions. Et, d'autre part, ce qui me manque et que je dois trouver…

Marie déplace la souris, ouvre le sac et en dévoile le contenu :

+5 niveaux de célérité et d'adresse ;
+6 niveaux de force ;
-1 niveau de sérénité.

— Mince, j'ai encore perdu deux niveaux de sérénité !

— Tu t'en sers comment ? demande Anatole sans l'écouter.

— Je n'ai pas besoin de faire quoi que ce soit… Mon personnage se nourrit tout seul et se transforme en fonction de ce que j'ai trouvé. Je le vois bien par rapport au début : mon avatar est plus rapide et déterminé… et peut-être un peu moins calme !

— C'est drôle, ce que tu dis : c'est ton portrait craché, en ce moment ! s'esclaffe Basile.

— Tiens, c'est vrai, ça..., confirme Anatole. Tu lui ressembles trait pour trait, à cette timonière ! Aussi vive et intelligente qu'elle, mais aussi très énervée. Deux sœurs jumelles !

Marie hausse les épaules.

— En tout cas, ça m'a dopé le cerveau !

— Et qu'est-ce qu'il y a dans le coffre ? demande Anatole.

— Pour le savoir, il faut résoudre une énigme. On essaie ?

5.

À ces mots, le coffre qui se trouvait à la droite de la belle timonière vient se placer en face de Marie et se rapproche au point de déborder de l'écran… Il est pratiquement à portée de main. Machinalement, les garçons tendent leurs bras, frôlant les dorures éclatantes et les traces de sang qui le recouvrent.

Anatole frissonne.

— C'est fichtrement bien fait.

— Oui, on s'y croirait…, murmure Marie, les yeux écarquillés, tout en cliquant sur la petite serrure bleutée.

Elle a le regard un peu embué.

Puis, la pièce s'assombrit brutalement, et une voix lugubre susurre aux oreilles des joueurs :

Mon premier tourne depuis le commencement. Mon deuxième n'est pas. Et mon tout est ce que nous sommes.

Les enfants se regardent bouche bée. Un silence lourd et inquiétant plane dans la pièce. La petite lampe sur le bureau semble très loin, comme si elle s'éteignait doucement.

— Mon premier tourne depuis le commencement. Mon deuxième n'est pas. Et mon tout est ce que nous sommes…, répète alors Basile d'une voix faible. Je ne vois pas.

Marie se tourne vers eux. Elle semble tout à coup inquiète. Les muscles de son cou se tendent.

— On va trouver. Il faut réfléchir, dit Anatole pour la rassurer.

Seul le souffle bruyant des trois enfants trouble le silence du bureau. Un silence opaque, presque palpable. L'ordinateur a étrangement cessé de ronronner. Plus aucun bruit ne provient de l'épicerie. Comme si tous les clients avaient subitement déserté l'endroit. Ou…

comme si Marie, Basile et Anatole se trouvaient autre part ou… nulle part !

— Oui, on va trouver, Marie, ne t'inquiète pas, insiste Anatole pour se rassurer lui-même. Ce jeu a quelque chose d'inquiétant, de délicieusement inquiétant. De l'adrénaline pure… et sans risque. Parce que ce n'est qu'un jeu, n'est-ce pas ?!

Mais, à l'instar de ses amis, il ressent autre chose, comme si le jeu était vivant, comme s'ils étaient épiés, comme si un étau, froid, implacable, se resserrait sur eux. Et les comprimait. D'ailleurs, le coffre holographique s'est étiré dans la pièce, menaçant, occupant pratiquement tout l'espace. Anatole frissonne. Il a réellement peur, cette fois.

— Tiens, regarde le sac de potions, intervient soudain Basile en pointant le doigt vers la toile de jute.

— Quoi ?

— Il a bougé. On dirait … qu'il a rétréci.

Marie clique rapidement sur le sac. Il n'y reste plus que trois niveaux de célérité et d'adresse et quatre niveaux de force. La sérénité est passée à moins deux.

— Ça veut dire quoi ? demande Basile, stupéfait. Tu n'as pourtant pas été touchée par un monstre ou quoi que ce soit d'autre !

— Ça veut dire, explique Anatole en réfléchissant, qu'un autre facteur entre en compte…

— Lequel ? demande son ami.

— Le temps… Le temps nous est compté…

— Oh, mon dieu ! s'exclame Marie avant de se mettre à pleurer.

Tout son corps est agité par de longs soubresauts comme si sa vie s'en allait peu à peu. Le danger serait-il bien réel ?

— Alors, on coupe, tranche Basile. Tu reprendras le jeu quand on aura trouvé. Tu n'as vraiment pas l'air bien. Le jeu a des effets bizarres…

— Oui, tu as raison. Arrêtons là. Pour le moment.

Rapidement Marie enregistre sa partie et quitte le jeu. Petit à petit, l'écran redevient clair, la lumière de la lampe du bureau semble plus vive et des rires montent à nouveau de la salle d'à côté. La sensation de danger, pourtant si tangible il y a encore quelques instants, s'éloigne insensiblement…

— On a eu chaud, s'exclame Basile en se passant la manche sur le front. J'ai vraiment cru que ta vie ne tenait plus qu'à un fil ! Du tonnerre, cette démo ! Et ton père en a déniché le code ? Il est sacrément doué !

— C'est ça.

Marie a l'air d'avoir retrouvé un peu de son calme, mais, les jambes molles et le souffle court, elle peine encore à se lever.

— Ton père, c'est un pro, il faut l'avouer, dit encore Anatole, qui ne s'est rendu compte de rien. Alors, tu nous le donnes, ce code ?

— À une condition…

— Laquelle ? demandent les garçons d'une seule voix.

— Que vous m'aidiez à résoudre l'énigme…

— Ça marche. De toute façon, quand nous jouerons, nous devrons bien y répondre nous aussi.

Marie ferme un moment les yeux, puis se redresse en étirant les bras en avant pour retrouver un peu d'énergie.

— Ce n'est pas si simple. Je crois qu'il y a des milliers d'énigmes différentes dans ce jeu, murmure-t-elle. L'ordinateur fait son choix…

— Waouh… De mieux en mieux ! Tu voulais savoir si on était des pros ? Alors, ton énigme, on va lui tordre le coup ! lance Anatole en tapant du poing sur le bureau.

L'ordinateur gémit. Puis se tait.

6.

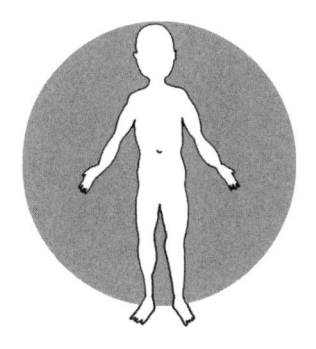

— **M**ais vous dormez, ma parole ! s'énerve la maîtresse. Heureusement pour vous, il est presque midi !

Basile sursaute. Anatole ouvre un œil.

Hier, après avoir quitté le repaire des bandits, ils ont dû se glisser dehors dans la nuit, peu rassurés. Heureusement, par ce froid glacial, il n'y avait personne et le retour fut tranquille. Ils n'ont évidemment pas pu échapper aux remontrances de leurs parents, inquiets de leur retard. Totalement absorbés par le jeu, les deux garçons n'avaient pas fait attention à l'heure.

Ce soir-là, ni Anatole ni Basile n'ont réussi à avaler le moindre petit morceau. Par chance, leurs parents, bien trop occupés à parler des misères de l'adolescence, ne se sont rendu compte de rien : ni que Basile avait renversé son verre dans sa purée où essayaient désespérément de nager deux rondelles de saucisse, ni qu'Anatole avait pris le chat pour un coussin et s'était assis dessus. Seul le matou avait manifesté son mécontentement en zébrant méchamment le canapé avant de disparaître sous l'armoire.

Les deux amis n'ont pas non plus fermé l'œil de la nuit, tournant et retournant la mystérieuse énigme dans leur esprit encombré de monstres hideux et d'aventures palpitantes.

— Madame Timier, vous qui êtes si forte en énigmes, vous pourriez nous aider à en résoudre une ?

La maîtresse se retourne. Son regard foudroie Basile et semble crier : « Mais qu'est-ce qu'ils vont encore inventer ? »

— Qu'est-ce que tu racontes ? articule-t-elle d'un ton courroucé, essayant de garder son calme.

Tous les enfants se mettent à pouffer de rire. Décidément, cette année, ses élèves sont hors normes...

— Ce n'est pas une blague.

— Bien joué, Basile ! dit Marie dans son dos. Madame Timier est fortiche en logique.

Elle a parlé vite, nerveusement. Son attitude combative de la veille s'est dissipée pour laisser place à une angoisse que trahissent ses yeux cernés.

— Alors, jeune homme... Votre énigme ?

À nouveau, toute la classe se met à rire, tandis que la maîtresse tapote de plus en plus vite de ses ongles pointus la tablette de son bureau avant d'exploser.

— Ah, mais ça suffit ! Vous n'allez donc jamais vous taire ?! Vous faites un boucan de tous les diables. Je ne veux plus rien entendre ! Rien de rien !...

C'est à ce moment-là que la cloche se met à sonner.

— Se taire..., répète Anatole, songeur. Mon premier tourne depuis le commencement : la Terre, bien sûr...

— Mon deuxième n'est pas... Rien..., poursuit Basile en regardant son ami.

— Mon tout est ce que nous sommes..., ajoute Marie qui commence à reprendre couleur. Des terriens !

— Alors, Basile, ton énigme ? finit par lâcher la maîtresse, excédée.

— Merci, Madame Timier, mais on a trouvé. Grâce à vous, d'ailleurs. Merci beaucoup !

Et tous les élèves se dirigent vers la porte, abandonnant la pauvre maîtresse complètement abasourdie.

7.

— Je dois vous avouer, dit Marie en soupirant, que je suis bien contente que vous soyez venus hier soir. Seule, la solution m'aurait échappé... Plus on avance dans le jeu, plus les épreuves et les énigmes se compliquent.

— C'est toujours comme cela, dans les jeux, Marie, répond Anatole. Au début, c'est simple, mais après… Et maintenant, du coup, on forme une équipe terrible !

Marie sourit, soulagée.

— Merci. Mais vous n'en parlez à personne, hein ! Pas même à mon père. En fait, il n'aime pas trop me voir toujours sur cette démo…

— C'est pour cela qu'on est allés chez ta grand-mère ?

Marie acquiesce.

— N'empêche… elle fait un drôle de métier… Et ce lieu bizarre…

Marie retrouve son sourire étrange.

— Les dangers ne sont pas toujours où on croit les trouver ! La Relève est mon havre de paix… avant la tempête ! Alors ? Motus et bouche cousue ?

Basile lui adresse un clin d'œil complice.

— Tu parles !

Puis elle glisse la main dans sa poche et en sort deux paires de lunettes et un petit papier, tout rouge, plié en quatre.

Basile le prend, le déplie et lit :
« 52118511101920181521225 »

— Le code… Génial ! On va passer un week-end de folie ! C'est Noël avant l'heure ! Merci du cadeau, Marie ! Et pour télécharger la démo… ?

Marie se pince les lèvres, hésite, puis se lance :

— En fait, j'ai encore quelque chose à vous demander. J'aimerais bien que l'on joue tous les trois chez moi. Enfin... dans le bureau de ma grand-mère.
— Dans... l'épicerie ? articule péniblement Basile.
— Oui, ce serait plus sympa. Et puis, on pourrait s'entraider. D'ailleurs, si ça se trouve, vos ordinateurs ne sont pas assez puissants pour télécharger complètement une démo aussi lourde. Celui de ma grand-mère est surpuissant. C'est mon père qui le lui a installé.

Elle termine en appuyant fort sur les dernières syllabes et tend vers ses amis un visage suppliant.

Anatole fronce les sourcils. Cette épicerie glauque dans laquelle Marie les a entraînés la veille n'est pas l'endroit dont il aurait rêvé pour partir à la conquête de trésors insoupçonnés. Et puis, que diraient ses parents s'ils apprenaient qu'il traîne après la classe dans cet endroit si peu conventionnel ? Mentir une fois de temps en temps, c'est facile... mais tous les jours...

— Alors ? reprend la jeune fille, les mains crispées au fond de ses poches.

Anatole sait par contre que son vieux PC – l'ancien ordinateur que son cher papa lui a si magnanimement légué pour s'en acheter un autre mille fois plus performant – ne fait pas le poids comparé à celui que le père de Marie a installé chez sa grand-mère. Pour utiliser toutes les options que ce jeu promet, il faut donc se résoudre à revenir dans cet endroit sordide.

— D'accord, finit-il par dire.

— Eh bien, on forme une sacrée équipe, non ? L'amicale du Dernier Monde ! s'écrie Basile qui n'attendait que ça.

— L'amicale ? le reprend Anatole. Ça ne colle pas vraiment avec un jeu aussi passionnant et aussi surprenant. Non...

Il réfléchit quelques secondes pour finir par annoncer, le sourire aux lèvres :

— Nous serons... les corsaires du Dernier Monde !

— Bonne idée, oui ! applaudit Marie. Et on verra bientôt qui sera le meilleur corsaire de ce navire ! Retroussez vos manches, les garçons ! Que le meilleur gagne !

— Plus d'exposé sur les campagnols, alors ? demande Basile, les yeux pétillants.

Et tous les trois se mettent à rire.

L'attrait de ce jeu époustouflant chasse bien vite de l'esprit d'Anatole ce qu'il lui reste de doute et repousse au loin le poids du mensonge qu'il s'apprête de nouveau à raconter à ses parents. Et puis, après tout, il a bien aussi le droit de s'amuser un peu... même s'il doit revenir sur la promesse qu'il a faite de ne plus jamais mentir...

8.

Le mercredi suivant, Anatole n'a pas trop de mal à persuader ses parents de le laisser aller chez sa nouvelle amie. À quelques jours des vacances, tout est permis ou presque, surtout quand il s'agit de travailler !

— Oh, s'il te plaît, maman chérie ! On a un exposé à faire sur les campagnols !

Pour rendre crédible son gros mensonge, il a emprunté à la médiathèque une montagne de documents sur le petit rongeur, qu'il a passés et repassés ostensiblement sous le nez de sa mère. Et, pour mettre fin à toute tentative de discussion, il a même collé un écriteau en lettres rouges sur son classeur de sciences :

« Interdit d'ouvrir ! Cerveau en ébullition : ici, on étudie le campagnol ! »

— Marie n'habite pas très loin et elle est super sympa, a-t-il ajouté.

— Dis donc, tu ne serais pas amoureux, toi ?

C'est ainsi qu'au tout début de l'après-midi, Anatole et Basile traversent le quartier du Marais, leur sac rempli d'un tas de livres inutiles. À cette heure du jour, les rues sont plus animées et semblent moins dangereuses. Mais cette gêne étrange qu'ils avaient ressentie la première fois les saisit à nouveau en passant le porche de l'épicerie. Il n'y a pourtant que deux petits vieux en train de choisir des pâtes pour leur déjeuner et un grand baraqué, en pull rayé, sans doute un livreur, qui est en grande conversation avec la grand-mère de Marie. Plantée devant ses cageots de pommes de terre fraîchement arrivées, elle ressemble bien moins à une flibustière. D'ailleurs, elle leur sourit en leur adressant un petit salut de la main.

C'est alors qu'une forme qu'ils n'avaient pas remarquée jusque-là apparaît devant eux, surgissant d'entre les cagettes de choux frisés et les packs d'eau gazeuse. C'est un petit bonhomme, emmitouflé dans une cape marron un peu vieillotte, un chapeau haut-de-forme abaissé sur ses yeux. Il tient deux poireaux entre ses mains gantées comme un chevalier tiendrait son épée.

— Un dingue, murmure Basile à Anatole. On dirait qu'il sort d'un livre de Sherlock Holmes.

Anatole hausse les épaules. Ce qui l'intéresse à présent, c'est le jeu, et il détourne vite son attention de l'étrange personnage qui, lui, ne le quitte pas des yeux.

Marie est là ; elle a déjà allumé l'ordinateur et leur laisse la place d'honneur.

— Chacun de vous doit choisir son personnage. Et quand vous m'aurez rattrapée, on pourra jouer tous les trois sur la même partie.

Trépignant d'impatience, les garçons entrent le nom du jeu. Comme la première fois, une pluie de météorites semble fondre sur eux. Un frisson agréable à mi-chemin entre la peur et l'excitation les secoue. Puis, Anatole note méticuleusement, dans une fenêtre en haut à gauche de l'écran, le code inscrit sur le petit papier rouge que lui a donné son amie. Un cliquetis léger sort des haut-parleurs. Les lunettes sur le nez, prêts à terrasser les créatures les plus effrayantes, les enfants retiennent leur souffle.

— Ah, au fait, mettez la main sur le cœur, ajoute Marie, et répétez bien fort après moi : « J'accepte tout ce qui viendra de ce jeu ! »

— C'est quoi encore, ce truc ? demande Anatole, plus amusé qu'inquiet.

Marie hausse les épaules.

— Une sorte de serment ? questionne Basile, en rigolant. J'adore !

— C'est ça, c'est ça… une sorte… de règlement du jeu à accepter.

— Un règlement ?

Anatole fronce les sourcils. Accepter un règlement sans en connaître le contenu le met mal à l'aise et lui rappelle de bien mauvais souvenirs[1].

— Pas de souci ! C'est notre règlement juste à nous. Vous ne signez rien, voyons !

— OK. Alors, allons-y.

Et pendant qu'ils répètent la phrase à haute et intelligible voix, un autre petit cliquetis sort de l'appareil, si ténu que seule Marie l'a perçu.

— C'est parti, alors, s'exclame Basile, tout en adressant un clin d'œil à son copain.

---

1 *Op. cit.*

9.

Ce mercredi-là, Anatole et Basile se métamorphosent : le premier devient capitaine et le second, vigie. Marie reste près d'eux et les conseille. Après tout, elle a plus d'expérience : elle a réussi à passer le premier niveau quelques jours plus tôt.

Le soir, ils ont traversé des canyons abrupts, parcouru des grottes humides, terrassé des créatures plus horribles les unes que les autres, déjoué nombre de pièges et trouvé la chambre secrète de l'araignée géante. Le bureau de La Relève s'est mué en une jungle luxuriante dans le secret le plus absolu. Au final, le sac de Basile déborde de potions de perce-vue, d'assurance et de sérénité, celui d'Anatole regorge de potions de rapidité et de sagesse. Pour chacun des deux garçons, il ne reste donc que l'énigme à résoudre et le premier niveau sera achevé.

— Voilà le moment le plus délicat. Ton énigme, Marie, c'était un vrai casse-tête ! Je crois que j'ai eu une sacrée frousse et que j'ai encore un peu… hum… peur…, avoue Anatole, le front plissé, parce que c'est à notre tour, maintenant !

Basile ne dément pas. Il retient son souffle. Devant lui flotte une porte bleue avec une petite serrure d'où s'échappe une lumière jaunâtre.

— J'adore ce jeu, murmure-t-il, les yeux pétillants. Comment y résister ?

Le paysage surnaturel semble s'épaissir et se refermer sur le garçon qui tressaille de plaisir.

— Je commence, Anatole. D'accord ?

Sans même laisser Anatole répondre, une voix métallique grince alors à leurs oreilles :

Je traverse les vitres sans les casser. Qui suis-je ?

La pièce est plongée dans le noir. Seul le réverbère, au-dehors, voilé par une branche d'arbre qui se soulève dans le vent, éclaire par intermittence le visage de Basile. Aucun de ses cils ne bouge. Même sa respiration semble suspendue.

Je traverse les vitres sans les casser. Qui suis-je ? répète la voix.

— Je... je ne sais pas, finit-il par articuler, la bouche pâteuse, en reprenant difficilement son souffle.

L'horloge murale du bureau égrène lentement les secondes. Tic tac. Tic tac.

— Vite, vite, Basile, le temps compte, souviens-toi, lance Marie en scrutant l'horloge d'un œil inquiet, comme si un diable pouvait en sortir à tout moment.

Perdu dans ses pensées, Anatole fixe distraitement, à travers la fenêtre, l'étrange lumière que diffuse le réverbère dans la rue, et qui trace, autour d'eux, des ombres fantomatiques.

— C'est ça ! s'écrie-t-il tout à coup. Le réverbère...

— Quoi ? demande Marie, perplexe.

— Je traverse les vitres sans les casser... La lumière... Le soleil, bien sûr ! Basile, les rayons du soleil, Vite !

Le garçon colle son visage devenu pâle comme celui d'un cadavre contre l'hologramme de la porte bleutée et hurle à s'en rompre le gosier :

— Les rayons du soleil !!!

— Pas la peine de crier. Personne ne peut t'entendre ! Note vite ta réponse, s'exclame Anatole en retrouvant sa bonne humeur. Wouah ! La frousse que j'ai eue ! Du tonnerre !

Mais Basile ne bouge toujours pas, comme pétrifié. Et s'il mourait… Après tout, ce jeu semble si réel et le danger si proche.

La pièce est à nouveau plongée dans un silence de mort. Même l'horloge s'est tue. Alors, doucement, la porte bleutée à laquelle sont toujours rivés les yeux du garçon se met à se gondoler pour finir par se dissoudre tout autour de lui. Une lumière claire vient inonder la pièce.

Bravo, vigie du Dernier Monde. Vous venez d'accéder au niveau 2 !

Basile souffle.

— Mince alors, tu n'as même pas eu à inscrire la réponse… Ce jeu, c'est de la magie pure, ma parole ! s'écrie Anatole.

— Génial ! Et mes potions ?

Le sac regorge toujours de perce-vue et n'a pas perdu d'assurance. Par contre, la sérénité a fondu comme neige au soleil… Il n'en reste rien. D'ailleurs, Basile transpire.

Mais Anatole n'a rien vu. Son cœur bat la chamade. Il a l'étrange impression d'être observé par une multitude de paires d'yeux dissimulés tout autour de lui. À son tour, il s'approche de la porte qui vient d'apparaître sur l'écran, verte cette fois-ci, avec une petite serrure argentée.

La voix métallique, devenue plus stridente encore, lui vrille méchamment les oreilles :

Quand je sèche, je me mouille... Qui suis-je ?

La voix résonne dans sa tête, comme un gong qu'on ne pourrait plus arrêter. Il sourit, la bouche entrouverte, comme envoûté.

— Je sèche... Je me mouille... Elle est dure, celle-là, s'énerve Marie en se tordant les mains.

Anatole, hypnotisé par l'écho de la voix et les tic tac réguliers de l'horloge, ne bouge pas d'un cil.

— Les enfants, il est dix-huit heures ! L'heure de la douche et de la soupe ! chantonne la grand-mère de Marie de l'autre côté de la porte.

Les trois amis restent figés, incapables de répondre. Tic tac, tic tac... le temps continue de s'écouler. Et la petite voix répète aigrement à leurs oreilles :

Quand je sèche, je me mouille... Qui suis-je ?

— Il faut tout arrêter. Enregistre ton niveau. Dépêche-toi ! On y réfléchira plus tard, à ton énigme, commande la jeune fille.

Sans attendre la réponse de son copain, Marie se rue sur la souris.

— Mais… mais... quelque chose cloche ! Elle doit être détraquée, poursuit-elle en tentant de fermer la session. La souris ne fonctionne plus ! La souris ou la démo…

— Mais qu'est-ce que tu racontes ? Ce n'est pas possible, s'énerve Basile en tapotant la souris contre le tapis.

— Hou hou ! Les enfants, vous êtes là ? demande la grand-mère de Marie, inquiète. Ce n'est pas le moment de jouer aux fantômes ou à cache-cache ! Allez ! Je ne veux plus vous voir ici. Sinon, c'est vos parents que j'aurai sur le dos !

Mais la grand-mère est loin de se douter que le jeu a transporté sa petite-fille et ses amis dans un autre monde, loin, si loin du bruit rassurant de l'épicerie, si loin de la féerie innocente de Noël. N'obtenant aucune réponse des enfants, elle ouvre violemment la porte. Les mains sur les hanches, une courge en guise de gourdin, elle regarde les trois joueurs, les sourcils froncés.

— Mince alors ! Quelle drôle d'odeur ! Mais qu'est-ce que vous avez fait, ici ? Et qu'est-ce que… De l'eau goutte du plafond ! Je cours chercher une serviette pour éponger ! Si ça se trouve, tes parents ont une fuite dans la salle de bains, Marie !

Et elle disparaît précipitamment, sans attendre de réponse. Sans apercevoir la petite porte verte qui flottait dans l'air.

— Une serviette... Oui, c'est si simple !

Anatole sourit. Il vient de trouver la réponse. Dans un calme olympien, inspiré par son personnage gonflé par les potions de sagesse, il articule d'une voix claire :

— Une serviette, bien sûr !

Le rire de quelques clients s'engouffre dans l'antre du jeu, masquant une voix doucereuse, provenant de l'ordinateur. Anatole est parvenu à résoudre son énigme ! D'ailleurs, la porte verte s'entrebâille.

— Ouf, on a eu chaud ! Avoir un bug juste au moment le plus délicat...Quel malheureux hasard ! siffle Basile en observant le brouillard se dissiper. Un grand merci à ta grand-mère, Marie !

— Tout marche à nouveau, confirme Marie qui était en train de vérifier les connexions. Étrange...

— Génial, ce jeu ! Si mes parents n'étaient pas à la maison, j'y jouerais toute la nuit. Pas vous ? lance Basile, les yeux pétillants. J'adore la trouille qu'il nous donne !

— Si, si, bien sûr... Une sacrée drogue... sans effet secondaire, répond son ami, le regard encore un peu vitreux.

Et les trois aventuriers se mettent à rire doucement. Ils ne se rendent même pas compte que, derrière l'écran, un autre rire, plus sinistre, se perd lentement dans la nuit froide et opaque.

— Il sort quand, le jeu ?
— Dans trois jours. Le 23 décembre à l'aube ! précise Marie en coupant son ordinateur.
— Eh bien, moi, je sais ce que je vais commander pour Noël ! s'écrie Basile tandis que Marie soupire bruyamment, en étirant ses bras en arrière.

Et puis, soudain, elle sursaute, étouffant un cri dans sa main :
— Ah ! C'est quoi, ça ?

Une chose verdâtre pend mollement le long des étagères.
— On dirait… on dirait une liane…, répond Anatole, en tâtant du bout des doigts le serpentin végétal.
— Génial ! Le jeu nous laisse des souvenirs !

Les trois enfants se regardent, médusés, avant de scruter la pièce. Après tout, d'autres surprises les attendent peut-être…

C'est à ce moment-là que, sur le sol humide, s'affiche en lettres dorées :

Vous avez triché. Il est interdit de demander de l'aide aux adultes. Une nouvelle énigme vous est imposée. Vous n'avez que cinq minutes pour la résoudre.

Et la porte du bureau, encore entrebâillée, se referme dans un claquement sec.

10.

— C'est quoi, cette farce ? s'inquiète Basile, les yeux exorbités.

Mais personne n'a le temps de répondre, que l'écran s'illumine déjà. Une lumière aveuglante est projetée dans le bureau et se répand tout autour d'eux, comme une tache d'encre sur un buvard. Bientôt, il n'y a plus ni étagères, ni caisses de bières, ni même d'ordinateur, et encore moins de porte donnant sur l'épicerie. La pièce est… Comment la décrire ? C'est une caverne sombre et humide, jonchée de pierres éboulées et de stalactites épars. Ils ne sont plus Anatole, Basile ou Marie, mais bien les corsaires du Dernier Monde, affublés de larges bottes montantes et d'un ceinturon doré. On entend au loin une rivière souterraine et des grincements aigus de chauves-souris.

— Mince alors…, murmure Anatole entre ses lèvres. C'est génial. Même plus besoin de lunettes… Ce n'est plus de la 3D… C'est comme si on était entrés dans l'ordinateur.

— Ou que le jeu en était sorti…, corrige Marie, en écarquillant les yeux. Le bureau de ma grand-mère s'est évaporé pour laisser la place au Dernier Monde. On est tous les trois dans la caverne des chauves-souris de votre session, les garçons.

— Et on entend aussi les sifflements des monstres de ta session, Marie, poursuit Basile. Nos deux jeux se sont mélangés… Mais où sommes-nous vraiment ?

— Pas de panique. Ce n'est qu'un jeu après tout… Un jeu vivant… un jeu incroyablement surprenant… mais un jeu, dit encore Anatole en avançant prudemment au milieu des gravats. Rien ne peut nous arriver.

Soudain, la voix aigrelette annonce :

Je tombe et je pousse. Qui suis-je ? Trouvez-moi vite !...
4 minutes et 59 secondes... 58... Bonne chance...

— Je tombe et je pousse ? C'est quoi encore, ce truc ? s'énerve Basile.

Marie est déjà à quatre pattes en train de soulever les gravats qui recouvrent le sol.

— Soyons méthodiques. Basile, le flanc est ; Marie, à l'ouest ; je m'occupe du plafond et du sol de cette satanée grotte, commande Anatole en réfléchissant.

— Tomber et pousser... Une roche bien lisse ? On peut la pousser et, si on la jette, elle tombe, propose alors Marie en s'agrippant à un gros rocher de basalte qui trône au milieu de la grotte... Aïe, je me suis coupée.

Marie s'est entaillé le pouce et un filet de sang coule sur sa manche.

— Serre-le dans mon mouchoir, dit Anatole en lui tendant un carré de tissu beige.

« Mince, je n'ai jamais eu ce mouchoir-là dans ma poche... Comment c'est possible ? » s'interroge le jeune garçon.

— Les chauves-souris, peut-être... Elles nous tombent dessus et elles poussent de sacrés grincements. Attention ! Elles se réveillent ! crie Basile.

Les trois enfants se plaquent au sol tandis que de minuscules vampires les frôlent dangereusement. Une d'elles s'accroche dans les cheveux de Marie et lui en arrache une poignée au passage.

— Aïe ! Mais, ma parole, tout le monde se ligue contre moi ! hurle-t-elle en se tenant la tête, les cheveux en broussaille.

Il ne vous reste plus que deux minutes, corsaires du Dernier Monde. Une minute 56 secondes... 54 secondes...

Malgré le froid des lieux, les enfants transpirent à grosses gouttes. Une fois de l'autre côté du jeu, les épreuves sont bien plus compliquées... Est-ce vraiment sans danger ?

— Reste derrière nous, Marie, dit Anatole en relevant son amie.

— Pas les roches. Pas les chauves-souris. Alors, quoi ? s'énerve Basile, qui sent son cœur s'emballer. Il n'y a rien d'autre dans cette fichue grotte... Enfin, j'espère.

Il lance un regard inquiet à Anatole. Mais son ami réfléchit et ne le voit pas.

— Pas les roches... pourtant... c'est ça ! s'écrie soudain Anatole.

— Quoi, ça ? demande son ami. Mais de quoi parles-tu ?

30 secondes... 28 secondes...

— Des roches qui tombent du plafond ou qui sortent de terre. Dans ce cas, elles poussent alors ! Des stalactites et des stalagmites !

10... 9... 8...

Anatole repousse son copain et se jette sur une énorme stalactite de calcaire accrochée au plafond. Avec précaution, il y pose son index droit et, de la main gauche, il agrippe l'extrémité d'une colonne en formation, une stalagmite.

— Je tombe et je pousse... Ce sont des stalactites et des stalagmites ! hurle-t-il en dressant alors ses doigts humides vers le plafond.

La caverne tremble. On dirait qu'elle va s'écrouler d'un instant à l'autre. Puis, lentement, le sol autour d'eux se brouille... et les enfants sont plongés dans le noir.

Vous avez réussi le premier niveau. Félicitations. Vos sacs regorgent de potions de perce-vue, vigie, et de potions de rapidité, capitaine. Jeune timonière, en revanche, vos réserves sont à zéro. Mais vous pouvez tous accéder au deuxième niveau.

— Encore là ? Cette fois, je vous mets vraiment dehors, lance la grand-mère de Marie, en faisant claquer la porte contre le mur, une serviette éponge sous le bras.

La lumière crue de l'épicerie s'engouffre dans le bureau. Plus de grotte, plus de magnifiques stalagmites... mais un petit bureau en sapin patiné et de vieilles étagères remplies de livres et de bibelots sans valeur.

— Ouvrez donc cette fenêtre et allez vous laver. On dirait que vous avez travaillé à la mine toute la journée ! Vous m'avez mis du sable partout ! Et puis, moi, je dois m'occuper de cette fuite !

Les garçons baissent la tête. Une fine couche de sable recouvre le sol. Ils sont aux anges : quel jeu stupéfiant !

— À demain, Marie ! dit Anatole, plein d'énergie, en lui décochant un clin d'œil.

— Oui, à demain, Marie ! É-pous-tou-flant ! renchérit son copain.

— C'est ça, à lundi…

Le regard vide, la jeune fille se jette sur le fauteuil face à l'écran, pâle comme la mort. Si pâle qu'on peut pratiquement voir à travers elle. Comme si elle devenait transparente, vidée de sa substance… Comme son personnage… Sans plus de réserve pour survivre.

L'étrange bonhomme que les garçons avaient croisé tout à l'heure est toujours là. Emmitouflé dans sa cape, un paquet de spaghettis sous le bras, il jette un œil à la jeune fille avachie, puis se tourne vers les deux garçons qui traversent l'épicerie en sifflotant. Il a un petit sourire qui aurait fait frissonner les deux amis, si seulement Basile et Anatole l'avaient remarqué.

11.

Sur le chemin du retour, Basile et Anatole ne parlent pas. Le jeu hante leur esprit… Ni les rues sales et déjà désertes ni le cimetière silencieux ne les inquiètent. Tandis qu'Anatole essaie de deviner à quelles nouvelles épreuves il va être soumis la prochaine fois, Basile revit en pensée ses exploits. Ils l'ont bien compris : le Dernier Monde est plus qu'un jeu : c'est la dixième planète du système solaire ; un endroit de l'espace encore inexploré ; un nouveau monde qu'ils ont franchi entre les murs de La Relève ! Incroyable ! Qui aurait cru qu'une épicerie de mauvaise réputation pouvait abriter un monde aussi merveilleux ? Car cette démo aussi étrange que fantastique n'a pas seulement le mérite de les entraîner dans des aventures passionnantes, elle leur offre également des pouvoirs qu'ils ne soupçonnaient pas. Marie avait raison : ce jeu donne une force surnaturelle. Tout ce que trouvent leurs personnages, ils le ressentent dans la réalité.

Anatole se sent gonflé d'énergie. Il gambade sur le trottoir, s'amuse à sauter par-dessus de vieilles caisses abandonnées et poursuit un chien affolé, sans jamais s'essouffler.

Ce soir-là, il parvient à soulever d'une seule main son lit en bois massif pour décoincer une chaussette sale oubliée. Il met la table, change la litière de Mistigri et nourrit le poisson rouge en une poignée de secondes. Il a même le temps de faire danser le chat au-dessus de sa tête avant de passer à table. Anatole sent monter en lui une énergie surhumaine… Merci, capitaine ! Un vrai bonheur !

Basile n'est pas en reste. Au fur et à mesure que la soirée avance, ses pupilles se dilatent et une ligne jaune à peine perceptible les traverse de part en part. Plus besoin d'allumer la lumière pour attraper son pyjama sous son oreiller. Tel un félin, il distingue les formes dans la nuit la plus noire. Mais, plus incroyable encore, son regard est si perçant qu'il parvient à distinguer par la fenêtre, au-delà du parc Voltaire, les formes les plus diffuses dans leurs moindres détails. Ce sera bien utile pour voir les réponses sur le bureau de la maîtresse lors de l'évaluation de math !

La vie paraît tout à coup si simple et si magique ! Si magique que les deux garçons ne veulent se poser aucune question sur l'étrangeté du jeu et sur les incroyables pouvoirs qu'ils ont acquis.

12.

C'est la dernière ligne droite avant Noël. Plus que deux jours de classe. Anatole et Basile trépignent d'impatience et veulent retourner au plus vite jouer dans l'épicerie La Relève. Les sempiternelles chansons de Noël les ennuient au plus haut point et le rallye de mathématique, tant attendu d'ordinaire, leur paraît insipide. Ils sont si excités à l'idée d'affronter les monstres interactifs du niveau deux et de gagner encore plus de pouvoirs, qu'ils ne s'inquiètent même pas de l'absence de Marie. Après tout, la veille, elle était fatiguée. Elle a peut-être attrapé un rhume. C'est de circonstance, en décembre, quand le vent du nord fait grelotter même les arbres. À sa place, ils seraient aussi restés à la maison pour reprendre des forces avant… le deuxième niveau ! Demain soir, ils rejoindront Marie pour l'épreuve finale !

Mais, à la sortie de l'école, deux hommes, un chapeau mou rabattu sur les yeux, les appréhendent sans ménagement.

— Vous êtes Anatole et Basile, c'est ça ? dit le plus grand des deux, en dardant ses petits yeux de fouine sur les jeunes garçons.

Cet homme, ils l'ont déjà vu. Mais où ? Des yeux effilés comme des amandes. Une balafre sur la joue… C'est le balafré qui les effrayait tant dans l'épicerie de la grand-mère de Marie !

Le deuxième individu n'est pas très rassurant non plus. De la racine de ses cheveux jusqu'à la base de son cou s'étend un tatouage de dragon, semblerait-il…

Anatole s'éclaircit la voix :

— Hum… C'est bien nous. Pourquoi ?

— On est des… amis de Carole Christophe, la grand-mère de Marie.

L'hésitation n'a pas échappé aux deux garçons qui ravalent leur salive, tentant de dissimuler leur surprise et leur effroi grandissant.

— On a besoin de vous. Suivez-nous sans protester !

Telle une lame d'acier, le regard sombre des deux individus transperce les garçons jusqu'au cœur. Anatole frémit. Comment fuir ? Même s'il est devenu agile et fort, les deux individus ont l'air plutôt costauds. Et, surtout, ils serrent les deux garçons de près. Comme de vrais pros… Anatole sent une sueur froide dégouliner entre ses omoplates alors que Basile joue des castagnettes avec ses genoux. Anatole fixe avec attention la poche d'un des deux hommes.

— Regarde sa poche… sa main serre quelque chose… Un couteau ? Un pistolet ? balbutie-t-il tout bas à son copain.

Basile plisse les yeux et, de son regard perçant, tente d'apercevoir ce que tient l'homme dans sa main, mais il n'en a pas le temps.

— Alors ? reprend le balafré, agacé et l'air plus menaçant encore.

— Mais nos parents nous attendent…

— Ils attendront. De toute façon, vous devez avoir l'habitude de leur en faire voir de toutes les couleurs, rétorque-t-il en saisissant Anatole par le bras.

L'homme a parlé d'un ton sec qui n'autorise aucune résistance. Et puis, il n'a pas entièrement tort : c'est vrai que les mensonges, dernièrement, ils les étalent avec gourmandise comme de la confiture sur le pain.

— D'accord, répond Basile, la voix chevrotante. On n'a pas le choix, je pense.

Le balafré secoue la tête, tandis que son acolyte leur indique la direction du menton. En silence, ils traversent la route et longent la rivière. Anatole sent sa gorge se nouer et son cœur se serrer. Avec tristesse, il regarde les guirlandes qui clignotent, semblant crier : « Vive Noël, vive la fête ! » Pour eux, la fête va être d'un tout autre ordre…

« On est faits ! », pense Anatole. « Quelle idée d'être allés dans cette épicerie ! Et que vont dire mes parents ? En fait, je ne le saurai sans doute jamais… »

Alors qu'ils arrivent à hauteur de La Relève, baignée dans la pénombre, une pluie fine et glacée se met à tomber en silence. Une atmosphère parfaite pour un polar. La scène du crime est toute trouvée. Il semblerait que les victimes le soient aussi. Il suffira juste d'enterrer leurs corps dans le cimetière d'à côté. Tout semble bien organisé. La porte de La Relève s'ouvre. Le grand costaud pousse les deux garçons à l'intérieur. Inutile d'essayer de leur résister. Les pouvoirs qu'il a acquis restent insuffisants face aux deux cerbères qui les encadrent.

La pièce semble vide, plongée dans l'obscurité. À présent, la petite épicerie ressemble davantage à une salle de torture qu'à un endroit où l'on vient acheter des patates et du lait. Elle sert peut-être juste de couverture pour cacher un trafic de jeux vidéo...

Petit à petit, les yeux d'Anatole s'habituent à l'obscurité. Basile, lui, n'a pas de mal, avec sa vue incroyable, à percevoir la silhouette altière et sévère de la grand-mère de Marie, mais son pouvoir ne suffit pas non plus à l'aider à s'échapper. L'épicière est donc bien de mèche avec ces hommes-là. Et Marie ? Tout cela n'était donc qu'un traquenard, un affreux, un épouvantable traquenard pour les enlever, ou pire encore !

Dans ses yeux embués, Anatole voit défiler la petite vie bien tranquille qu'il a eue jusqu'à ce jour : les dimanches de pluie passés à regarder les matchs de hockey avec son père en mangeant du pop-corn, les lancers de polochons, les concours de grimaces avec le poisson rouge... Ah ! comme tout cela paraît loin. Mais pourquoi a-t-il été assez bête pour accepter de jouer avec Marie ?

— Asseyez-vous !

Carole Christophe, perchée sur son tabouret, dévisage Anatole et Basile tandis que les deux hommes ferment soigneusement la porte derrière eux. Le tintement de la petite cloche de l'entrée scelle définitivement le destin des deux garçons… Une atmosphère de Dernier Monde…

Cette fois, ils y sont pour de bon.

13.

— Qu'avez-vous fait ?
La question claque dans l'air. Basile bredouille quelque chose d'incompréhensible, juste pour meubler le silence, qui est devenu insupportable.
— Je vous ai posé une question !
— Rien, lâche Anatole, tout en essayant de réfléchir au moyen de s'extirper de ce piège. De quoi parlez-vous ?

La grand-mère de Marie se lève d'un bond et va pousser du pied la porte du bureau. Alors que le battant heurte le mur dans un bruit sourd, une odeur de pourriture s'échappe de la pièce. Anatole en a un haut-le-cœur. Au loin, par la fenêtre du bureau, un réverbère diffuse une lumière jaunâtre jusque dans la pièce. Le vieux bureau en sapin est là. L'ordinateur diffuse toujours son ronronnement habituel. Rien d'anormal, mis à part l'odeur. Et puis, tout à coup, Basile pointe le sol du doigt : avec sa vue exceptionnelle, il a tout de suite perçu la couche de boue qui recouvre le sol comme un glaçage au chocolat nappe un gâteau. Du chocolat moisi... et des algues poisseuses qui envahissent les étagères.

— On dirait des marécages...

Un crapaud gros comme un œuf d'autruche bondit devant eux en coassant avec des trémolos dans la voix. Puis, devant le regard indifférent de l'assemblée, il s'en va fouiner plus loin à la recherche de quelque friandise en poussant un énorme coa d'ennui et de mécontentement.

— Où est passée Marie ? demande Anatole, plus dégoûté que surpris.

Ils en ont vu d'autres et ce n'est pas un affreux crapaud pustuleux, chantant faux de surcroît, qui va les effrayer !

— Hier soir, elle a encore joué un peu à ce jeu, et depuis...

À la surprise des deux garçons, madame Christophe ne termine pas sa phrase. Elle soupire douloureusement en secouant sa tête.

— J'ai menti à ses parents. Je leur ai dit qu'elle avait voulu dormir chez moi hier soir... Je l'ai cherchée partout. Mais maintenant, que vais-je leur dire ? Je ne suis pas digne de leur confiance, encore moins d'être une grand-mère... Mais qu'ai-je fait ?

Un court instant, le temps de rassembler leurs esprits, Basile et Anatole restent immobiles, les sourcils froncés. On ne va pas leur couper la gorge ; ils l'ont bien compris et c'est déjà ça de gagné.

— Disparue, marmonne Basile d'une toute petite voix.

— On est désolés, Madame. Désolés, répète Anatole.

Mais la grand-mère de Marie ne semble pas les entendre. Le tatoué allume la lumière tandis que son acolyte s'assied sur le coin du comptoir et ôte sa veste. Il attrape une pomme et se met à la croquer.

— Nous pourrions vous aider si vous nous expliquiez toute l'histoire, reprend le garçon.

Carole Christophe le regarde de ses yeux fatigués.

— Ce jeu est du poison. J'aurais dû m'en douter quand Marie a commencé à y jouer. Tout ça parce qu'un individu, joliment vêtu – avec un nœud papillon, vous

vous rendez compte – lui a parlé du Dernier Monde. C'est bien comme cela qu'il se nomme, ce jeu ?

Mais elle n'attend pas la réponse et poursuit :

— Comme il a trouvé Marie charmante, il lui en a donné la démo sur un drôle de DVD tout doré ainsi que le code d'accès. Comme cela, pour rien. Et moi, je ne me suis même pas méfiée !

— Attendez, mais de quoi parlez-vous ? Marie nous a expliqué que son père avait trouvé, sur Internet, la démo et le code…

— Son père ? Impossible ! Il répare les ordinateurs mais déteste les jeux ! Il dit toujours qu'il faut s'en méfier. Que quand on commence, on devient accros ! Aveugles et stupides ! De vrais zombies.

Les deux garçons sentent leur visage s'empourprer. Accros, ils le sont bien plus qu'ils ne l'ont cru. Et le jeu aussi a fini par les aveugler. Les ronger. Totalement.

— Et cet homme, comment était-il ? Un nœud papillon, vous dites ? demande Basile, interloqué.

— Oui, un petit homme avec une barbichette en pointe et une cape désuète, sorti tout droit d'un vieux bouquin ! Il vient de temps en temps acheter une botte de carottes. Vous avez dû le croiser, d'ailleurs.

Anatole regarde son ami. Son ventre se noue. Il balbutie péniblement :

— Mais alors, que lui est-il arrivé, à Marie ?

Madame Christophe le regarde tristement.

— Je n'en sais rien. Tout ce que j'ai trouvé, c'est ça.

Et en disant ces mots, elle pointe du doigt l'écran d'ordinateur.

— Allez l'allumer, ordonne-t-elle.

Surmontant sa répulsion, Anatole enfonce ses pieds dans la boue gluante et avance vers l'écran. Ses pas émettent de petits couinements désagréables. Enfin, parvenu au bureau, il déplace la souris et clique.

Sur l'écran où, au-dessus de marais impénétrables, planent des espèces de ptérodactyles, clignotent deux mots, deux mots en lettres dorées, d'une écriture toute fine...

Niveau échoué. GAME OVER.

> Εϋρηκα !

14.

Anatole sent un terrible malaise l'envahir. Tout ça lui rappelle quelque chose, quelque chose de terrible qu'il s'était promis d'éviter coûte que coûte…

— Madame Christophe, pouvez-vous me donner une feuille et un stylo. Il faut que je vérifie quelque chose.

En disant ses mots, Anatole plonge la main dans sa poche et en sort le petit bout de papier rouge sur lequel la suite de chiffres 52118511110192018152125 est inscrite.

— Que fais-tu ? demande Basile.

— Attends ! Combien de chiffres a ce code ?

— Énormément. Presque autant qu'une clé WPA. C'en est peut-être une…

— Non, je ne pense pas. Les clés mélangent souvent des chiffres, des lettres et d'autres symboles. Ici ce n'est pas cela. Regarde, c'est une vieille ruse : 5 pour E, 2 pour…

— B, 1 pour A puis encore A, et G, transpose immédiatement Basile, les sourcils froncés.

— EBAAG… Non, ça ne veut rien dire… Mais attends. Il y a neuf chiffres et vingt-six lettres…

— Je vois : 5 pour E, 21 pour U. 1 ou 18 ensuite ?

— 18, Basile, 18 comme R. Puis, E à nouveau.

— J'ai compris.

Les trois adultes, penchés au-dessus des deux garçons, se taisent, totalement perdus, alors que Basile et Anatole sont pétrifiés d'effroi, la bouche entrouverte et les yeux exorbités.

— Quoi ? s'impatiente la grand-mère de Marie, rompant le silence.

— Il s'avère que nous avons eu affaire à un individu malhonnête, il y a quelque temps de cela, qui a failli nous réduire en esclavage…

— Qui ? dit-elle encore plus fort.

— Un magicien. Ce code était pourtant une énigme facile : Eurékaj'aitrouvé !

— Mais de quoi parlez-vous ? s'écrie un des amis de Carole Christophe.

— Voyez-vous, nous étions tombés sur un site magique qui vendait les objets les plus incroyables... Des stylos qui écrivent tout seuls, des chewing-gums inusables... C'était un piège. Comme on ne pouvait pas payer la facture, le magicien a voulu enlever nos parents. Nous avons finalement réussi à nous en sortir, mais de justesse...[1] Vous ne nous croyez pas, n'est-ce pas ?

L'épicière soupire bruyamment.

— Après ce que j'ai vu, je peux tout croire.

Elle pousse les deux amis contre le bureau.

— Regardez de plus près... et vous comprendrez.

Et d'un geste précis, elle clique sur l'écran. Le marécage est à présent survolé par des papillons tentaculaires et les deux garçons aperçoivent, en tout petit, un nouveau personnage qui paraît endormi ou évanoui et qui ressemble étrangement à...

— Marie... MARIE ! s'écrie Anatole se laissant tomber sur le siège. Non, ce n'est pas possible...

---

1 *Op. cit.*

15.

— Mais si.

C'est une voix sortie de nulle part qui vient de lui cracher son venin à l'oreille. Une fumée verdâtre envahit alors la pièce et une forme, petite et étriquée, se matérialise au centre du bureau.

— Une entrée bien théâtrale pour un magicien de pacotille, s'écrie Anatole en pointant son doigt menaçant vers l'individu qui tourne vers eux un visage souriant.

— Bravo, Anatole Dupré. Ce jeu, c'est moi qui l'ai inventé ! Un chef-d'œuvre, n'est-ce pas ? Et vous avez tout compris. Mais… zut, un peu tard ! Vous vous êtes laissé prendre… au jeu !

Le magicien, satisfait de son astucieux jeu de mots, salue l'assemblée en faisant une petite révérence, son chapeau à la main.

— Mesdames, Messieurs, je vous souhaite le bonjour.

Il tourne sur lui-même en leur faisant un pied de nez.

Anatole serre les poings pour contrôler l'envie furieuse qu'il a de décocher son pied aux fesses de l'insupportable petit bonhomme. Mais ce n'est pas comme cela qu'il le vaincra. Il le connaît bien, à présent. Il faut se concentrer, rester calme, feindre l'indifférence et réfléchir… Merci, Capitaine. Il a du calme plein les poches et de la sagesse à revendre.

Soufflant doucement pour ralentir les battements de son cœur, il croise les bras et affiche un sourire détendu.

— Me laisser prendre ? Non. Je ne suis absolument pas tombé dans votre piège, cher Eurékaj'aitrouvé. Regardez, je suis devant vous, en chair et en os !

— Taisez-vous, sale petit gamin ! Ah ! Ces enfants, je les déteste, cuits ou crus ! Des effrontés et des menteurs !

À ce moment, obéissant à un signe discret de madame Christophe, les deux hommes se ruent sur le magicien. Anatole que le jeu a gonflé de courage, s'élance à son tour sur l'affreux Eurékaj'aitrouvé. Après tout, il faut tout tenter ! Mais tous les trois ne font que le traverser sans le saisir et atterrissent la tête la première dans la boue collante qui a envahie le bureau. Ce n'est qu'un hologramme qui vacille un instant avant de reprendre sa forme initiale.

— Oh, vous avez failli abîmer mon bel ensemble ! Touché, mais pas coulé ! Ha ha ! Que je m'amuse, aujourd'hui !

Et il se met à glousser comme une pintade en faisant semblant d'épousseter sa belle cape mauve. Anatole se redresse, les poings serrés. Il sait qu'il faut garder son calme. Utiliser la force n'est pas la solution.

— Qu'avez-vous fait à Marie ? s'énerve madame Christophe d'un ton autoritaire.

Le petit magicien lisse méticuleusement sa barbiche en pointe, puis ricane. Une lumière sombre illumine ses yeux.

— Elle n'a pas été très prudente, votre petite-fille, voyez-vous…

Elle a conclu un pacte avec moi et a accepté tout ce qui viendrait du jeu sans se renseigner sur les conditions.

Apparaît alors, devant leurs yeux, au centre de la pièce, une fenêtre violette :

Tout perdant deviendra la propriété exclusive du concepteur du jeu…

— Et le concepteur… c'est moi ! exulte-t-il. Alors, elle m'appartient. Voilà. Tant pis pour elle.

Un lourd silence s'abat sur la pièce, uniquement rompu par le coassement rocailleux du crapaud perché sur une étagère. Très à son aise, le batracien bondit de droite à gauche pour finir par s'installer sur le dossier du fauteuil.

Les deux garçons n'en mènent pas large. Eux aussi ont prêté serment, la main sur le cœur, sans se poser de question. Une fois encore, ils ont été bien imprudents. Les écrits restent et les paroles s'envolent, dit-on. Mais peut-être pas tant que ça, finalement. Une parole donnée vaut peut-être autant qu'une signature apposée.

Anatole s'approche de l'hologramme et le fixe droit dans les yeux.

— Riez, riez, cher magicien de pacotille. Je suis pourtant certain que vous n'êtes pas entièrement satisfait. Ce n'est pas Marie que vous vouliez prendre à ce jeu, mais moi… N'est-ce pas ? Pour vous venger parce que j'ai déjoué vos plans lors de notre dernière rencontre.

Le petit homme émet un petit couinement d'agacement et étire un sourire grimaçant sur son visage.

— Très juste, Anatole Dupré. C'est bien pour cela que Marie vous a proposé de jouer. Je lui avais demandé de vous inviter, vous et votre sale fouineur de copain. C'était la condition pour avoir le jeu ! Le Jeu !!! Qui est bien trop attirant pour que quiconque résiste à son appel. Que vous êtes faibles, petits gamins stupides ! On vous met un petit os sous le nez et vous accourez comme des toutous !

Anatole ne bouge toujours pas, le visage presque contre celui du terrible magicien.

— Peut-être… Mais vous avez tout de même perdu ! lui chuchote-t-il à l'oreille. Je ne vous appartiens pas.

Le magicien recule pour mieux foudroyer méchamment du regard Anatole.

— Tant pis. Votre amie fera l'affaire… Vous vous mordrez les doigts d'avoir été aussi bête et la culpabilité vous rongera jusqu'à la fin des temps.

— Mais vous ne m'aurez pas, moi. Jamais. JAMAIS. À moins que…

Le magicien se rapproche, les sourcils froncés et les mains sur les hanches.

— Que proposez-vous ?

— De jouer contre moi. De faire un duel d'énigmes. Si je gagne, vous nous rendez Marie et vous disparaissez. Si je perds, j'accepte de prendre la place de mon amie.

— Ça ne va pas ? s'écrie Basile en lui agrippant le bras. Même tes nouveaux pouvoirs ne t'aideront pas.

— Je n'ai pas besoin de pouvoirs.

— Ah vraiment ! s'écrie son ennemi, qui n'a rien perdu de la conversation. Dans ce cas, je les reprends. Pfff !

Anatole et Basile se retiennent au dossier du fauteuil. C'est comme si on venait de leur arracher une partie d'eux-mêmes. Ils titubent en cherchant leur respiration.

— Alors ? Toujours prêt ?

— Non, mon petit, tu ne peux pas faire ça, murmure la grand-mère de Marie, désemparée.

— Moi, je vous propose que l'on règle cela au bras de fer, dit alors un des amis de madame Christophe.

Anatole se retourne vers eux tout en se redressant, et leur adresse un clin d'œil.

— Je sais ce que je fais. Si ce jeu m'a appris une chose, c'est qu'il faut toujours rester vigilant. Je peux gagner. Oui, simplement en restant sur mes gardes, en utilisant mon instinct et, bien sûr, mes neurones…

Faites-moi confiance. Et puis, c'est une question de principe.

— Comme c'est beau, tout cela ! Ta décision est prise, alors ? Tu veux vraiment te sacrifier, Anatole Dupré ? reprend le magicien. Tu crois pouvoir gagner contre le plus grand magicien de tous les temps ?

« Coa », éructe le crapaud en allant fouiner dans les bacs à légumes.

— Tais-toi, sale bête ! s'énerve le magicien en tapant du pied. Tu as coupé tout mon effet !

— Ce ne sera pas un problème, je suis prêt à vous affronter, cher Eurékaj'aitrouvé. N'oubliez pas que je vous ai déjà vaincu une fois !

Le magicien devient bleu, puis rouge et finalement vert.

— Vous ne m'avez pas vaincu. La preuve : je suis devant vous. J'ai juste fait un petit voyage à travers le réseau pour finir ici. Vous êtes un menteur et ne faites que mentir, Anatole Dupré ! Eh bien, j'accepte votre proposition. Topons là.

Sa main fend l'air et vient s'écraser dans un nuage de fumée contre la paume du garçon. La pièce se teinte de jaune doré. À la place du vieux bureau en sapin apparaît une table somptueuse, sertie de pierres précieuses. Un parchemin y est déposé, ouvert, une plume de paon à ses côtés.

— Signez ! dit le magicien en indiquant du doigt le bas de la feuille où sèche déjà sa propre signature.

Anatole regarde d'un œil méfiant le magicien puis le parchemin.

Concours d'énigmes entre Eurékaj'aitrouvé et Anatole Dupré.

Anatole Dupré accepte de devenir la propriété exclusive du magicien Eurékaj'aitrouvé à la place de Marie Christophe s'il perd le concours d'énigmes. Si Anatole gagne, lui et Marie seront libres.

Anatole relit deux fois chaque phrase pour s'assurer que le magicien n'y a pas glissé de piège, puis il signe. « Il est tellement sûr de gagner qu'il est prêt à perdre Marie… Je dois la sauver et me sauver. », pense le garçon.

Le contrat se replie, flotte dans l'air quelques instants et pouf… disparaît. Puis, lentement, la pièce entière se métamorphose. Ses amis se volatilisent. Plus de murs, plus de porte, plus qu'une vaste étendue vide, balayée par les vents, où trône, solitaire, une horloge monumentale qui se met à sonner. Il est l'heure de jouer.

Anatole est seul, face au terrible magicien.

16.

— Je commence, lance le petit homme aux yeux sournois. Vous avez deux minutes, deux minutes seulement, pour trouver la solution à ma première énigme, dit-il en faisant rouler les r d'un ton magistral. Et si vous n'y arrivez pas… J'aurai gagné dès le premier tour !

Anatole sent son cœur accélérer. Il n'a plus le choix à présent… Il acquiesce sans prononcer une parole.

Eurékaj'aitrouvé agite sa cape et inspire bruyamment :

— Voici une énigme qui vous va comme un gant : « J'ai deux pieds, six jambes, dix bras, trois têtes et quatre oreilles. Qui suis-je ? »

Une grande horloge plantée juste en face d'Anatole se met à égrener les secondes.

Le garçon essaie de contrôler sa respiration et ferme les yeux pour se concentrer. Il faut réfléchir, et vite. Car c'est plus que certain, le temps est compté. Tic tac…

« Deux pieds, c'est un homme, voire un singe ; six jambes, un insecte, un insecte qui a mis deux chaussures ? Mais pas avec dix bras… À moins que quatre singes soient en train de le tenir. Mais trois têtes et quatre oreilles ? »

— Vous n'avez plus qu'une minute, Anatole Dupré… Ha ha ! Le jeu est déjà terminé ? Oh ! quel dommage. Je n'ai même pas eu le temps de m'amuser.

— Un monstre ? crie le garçon.

— Non. Trente secondes…

— Ce n'est pas possible ! Ça n'existe pas !

— Alors ? s'amuse le magicien en esquissant quelques pas de danse au rythme du tic tac de l'horloge, dont le cadran se met à grossir comme un ballon gonflé d'hélium sur le point d'exploser.

« Une énigme qui me va comme un gant... parce que je mens ? Un être qui n'existe pas ! Mais oui ! »

— Un menteur ! C'est un menteur ! Vous m'avez traité de menteur, tout à l'heure !

L'horloge reprend sa place et se tait. Le magicien fait rouler sa cape nerveusement entre ses mains.

— Mmmm... Vous avez gagné la première manche. À vous...

Anatole réfléchit. Il s'amuse souvent à lancer des défis à ses copains, mais ses devinettes seront-elles à la hauteur du magicien ?

— Eh bien, voilà, quel nombre complète cette suite : 2-3-5-8-9-11 ?

Le magicien se retourne. Anatole observe l'horloge qui se remet en route...

— Ce n'est pas très difficile, Anatole Dupré : 14 ! On augmente de 1, puis de 2, puis de 3 !

Anatole grimace. C'était vraiment trop simple. Les devinettes stupides échangées dans la cour ne font pas le poids. Et c'est à nouveau au tour du magicien...

— Combien de mois dans l'année comportent vingt-huit jours ? Et tu n'as droit qu'à une réponse !

Anatole réfléchit.

« Vingt-huit, c'est février, sauf quand c'est une année bissextile. Non, ce serait trop facile. »

Il sent une chaleur désagréable lui monter au visage.

« Et si je me trompais ? Ce serait la fin. Jamais plus je ne reverrais mes amis, ma famille… Pauvre maman, qui me croit sans doute en train de terminer sagement mon exposé sur les campagnols… Et qu'adviendrait-il de moi ? Le magicien ferait sans doute de moi de la chair à pâté. Il me condamnerait à un supplice éternel, comme remplir un seau d'eau percé… Non, déjà pris… Récurer les toilettes de l'affreux petit magicien à longueur de journée ou, pire encore, il me demanderait d'avaler des tartes aux pattes de cloportes, en maillot de bain, tout au fond du pôle Nord…rien que pour le plaisir de me voir virer au vert puis au blanc. Mais quelle horreur ! Il faut rester calme, me concentrer. Réfléchir vite… Ça, j'en suis capable… »

— Alors, Anatole ? Tu ne sais pas ?

Anatole fixe l'horloge. Mais oui ! C'est tellement évident.

— Les douze mois de l'année comportent vingt-huit jours, pardi !

Le magicien pousse un cri agacé.

— À moi, maintenant, lance Anatole en fixant l'affreux Eurékaj'aitrouvé droit dans les yeux.

« Surtout, rester vigilant, concentré et suivre mon instinct. »

Il sait ce qu'il va lui demander. Un jour, madame Timier a voulu les impressionner, vraiment les impressionner. Enfin, pour être précis, elle voulait surtout rabattre le caquet de Théotime. Ce jour-là, en plein exercice de calcul avec des fractions – ce que tous les élèves détestent – il avait laissé échapper un pet tonitruant expliquant que les fractions étaient comme les haricots : elles donnaient des gaz. Alors, la maîtresse, prise d'une inspiration soudaine, lui avait posé la fameuse énigme du Sphinx, celle que personne, excepté Œdipe, n'avait pu résoudre… et elle avait dit que s'il n'y parvenait pas, non seulement il serait déclaré bête, mais il saurait que, dans un autre contexte, il aurait été dévoré par le Sphinx, comme l'avaient été tous les voyageurs venus à Thèbes avant Œdipe. Théotime n'avait pas trouvé la réponse. Mais, heureusement, il n'avait pas été dévoré… Par contre, il n'avait plus jamais pété pendant les cours. Merci, Madame Timier !

— Voici une énigme vieille comme le monde. Ah, mais zut, vous ne venez pas de notre monde…

Anatole fixe le petit magicien, imperturbable.

— Quel est l'être qui marche à quatre pattes le matin, sur deux pattes à midi et sur trois pattes le soir ?

Anatole croise les bras, le regard toujours planté dans les petits yeux jaunes du magicien. Son adversaire réfléchit, se met à piétiner et mordille sa cape nerveusement.

— Plus qu'une minute, cher Eurékaj'aitrouvé. Je sais, je suis bien plus fort que vous. C'est en partie grâce à vous. Votre stupidité me rend intelligent ! Merci mille fois !

— Tais-toi. Tu m'empêches de réfléchir !

— Je ne me tairai pas… Tic tac, tic tac. Plus que 30 secondes. Tic tac, tic tac… Il n'est inscrit nulle part que je dois me taire, dans votre règlement bidon… Tic tac, tic tac.

Le magicien semble bouillir. Il attrape ses cheveux hirsutes et les tire dans tous les sens.

— Tic tac, tic tac. 5, 4, 3, 2, 1…

L'horloge se met à siffler bruyamment.

— J'ai gagné, cher magicien ! C'était pourtant simple ; tous les élèves de ma classe connaissent la réponse. Un homme ! Voilà la solution. Le matin de sa vie, c'est un bébé qui marche à quatre pattes, au milieu de sa vie, c'est un adulte qui se déplace sur deux jambes et, au soir de sa vie, c'est un vieillard qui s'aide d'une canne…

17.

Tout est plongé dans le noir. On n'entend plus un bruit. L'espace d'un instant, Anatole a l'impression de flotter dans les airs. Que va-t-il lui arriver ? Peut-être que le magicien a menti ou lui a fait signer un contrat truqué, avec une clause en tout petits caractères que le garçon n'a pas lue ? Mais, lentement, la lumière reparaît. Le bureau de madame Christophe se retrouve comme avant, rempli de cageots et de caisses de bières. Il n'y a plus ni boue ni crapaud. Et, au milieu de tout cela, Marie, lovée dans les bras de sa grand-mère.

— Merci, mon garçon, merci. Tu m'as rendu ma petite-fille.

Anatole sourit. Il a aussi envie de retrouver sa famille. Ce soir, il ne manquera pas d'aider ses parents à mettre la table. Il acceptera même de jouer au Scrabble avec eux. Il donnera également une petite caresse complice à son chat.

L'arrachant à ses pensées, une voix sortie d'outre-tombe se met à ricaner :

— Tu pensais t'être débarrassé de moi ? Eh bien, je n'ai pas dit mon dernier mot. À l'heure où nous parlons, le jeu que j'ai installé sur cet ordinateur est en train de libérer son flux magique. Il se répand inexorablement. Et, comme vos pouvoirs, pfff, se sont envolés, vous ne pourrez rien y faire !

— Que voulez-vous dire ? l'interpelle Basile, dont la bonne humeur vient de s'évanouir. Quel sortilège avez-vous encore inventé ?

— Sache, idiot d'enfant, que ce jeu va envahir Internet. Et bientôt, très bientôt, il sera en ligne ! Demain matin, à minuit une précise, il sera mis en vente et, de ce fait, accessible à tous ! Tu m'entends : à tous ! Et, grâce à la stupide dépendance informatique des gamins, il va pouvoir s'étendre à toute la terre. Des milliers d'enfants de tous les pays tomberont entre mes griffes. Vous ne pourrez rien y faire ! Vous voyez, Anatole Dupré, je n'ai pas perdu. Tous ces enfants seront à moi et deviendront mes chers, mes merveilleux esclaves qui me rendront la vie bien agréable ! Ha ha ! Au revoir, mais je reviendrai, pour de nouvelles aventures !

Et le magicien disparaît dans un pop lugubre.

Dans le bureau, tous se regardent, horrifiés. C'est vrai qu'ils ont perdu de vue un détail essentiel : le 23 décembre, c'est dans quelques heures seulement. Eurékaj'aitrouvé va pouvoir atteindre et capturer des milliers d'enfants.

— Que faire ? lance Basile, abattu. C'est un peu de notre faute, tout cela.

— C'est de ma faute, le reprend Marie. Anatole, je te remercie de m'avoir sortie de là. Je vous ai menti dès le début. Cet affreux magicien m'a demandé de vous convaincre de jouer avec moi. Et, pour pouvoir jouer, j'ai accepté. Pardonnez-moi.

Anatole lui serre la main.

— Tu sais, on ne vaut pas bien mieux que toi. Ma mère est persuadée que l'on travaille sur notre exposé !

— Mais que faire ? reprend le balafré en pointant du doigt le jeu maudit.

L'ordinateur ronronne doucement. Sur l'écran, le Dernier Monde clignote par intermittence. Anatole fixe le jeu, agacé.

— Tu dis qu'il a installé le jeu à partir d'un disque ? demande le garçon à Marie.

La jeune fille acquiesce tandis qu'Anatole ouvre le compartiment à disques. Une espèce de DVD tout doré y est installé.

— Qu'il est bête, ce magicien ! Il suffit d'ôter son disque et d'éteindre l'ordinateur, ricane Basile.

— Ce serait trop simple, murmure Anatole, avec une petite moue inquiète.

Alors que Basile approche sa main pour retirer le DVD, une lumière bleue éblouissante en jaillit. Telle une supernova, le disque semble se transformer en énergie pure avant de se dissoudre dans les circuits électroniques de l'unité centrale.

— On doit couper l'ordinateur ! s'exclame le balafré, horrifié par cette vision.

— Non, c'est déjà trop tard ! Le jeu doit déjà courir dans les circuits de l'ordinateur comme du sang dans des veines. Mais…

N'écoutant pas son ami, Basile tire sur le câble. Un instant, un instant seulement, ils ont l'impression que toute cette horrible farce a pris fin. Enfin. Mais, lentement, l'ordinateur se met à ronfler et l'écran se rallume.

Comme par magie ...

— Oh, zut ! Mais que faire ? se lamente Basile. Si maintenant l'ordinateur fonctionne sans électricité, on est cuits de chez cuits !

Anatole soudain se redresse.

— Si le jeu vient juste de se désagréger, il est encore dans l'ordinateur, qu'il soit allumé ou éteint. Puisqu'il y a été installé, il faut donc le désinstaller !

— Et ça, on sait faire, renchérit Basile en souriant. Après tout, on est des pros en informatique.

— Alors, au boulot.

Sans plus attendre, sous l'œil inquiet de leurs nouveaux amis, Basile et Anatole se mettent au travail. Pas besoin de super pouvoirs pour y parvenir !

— Ce n'est pas compliqué. Un jeu d'enfant. Même mon chat pourrait le faire, explique Anatole. Les programmes se trouvent dans le panneau de configuration. Il faut les sélectionner et les supprimer. C'est tout.

— Nous allons écraser ce jeu comme une vulgaire punaise, sprouch, s'exclame Basile en joignant le geste à la parole.

Son poing frappe la table. L'ordinateur grésille un moment dans le silence de la pièce.

— Ça me semble encore une fois trop facile, murmure Marie en fronçant les sourcils. Bien trop facile...

Les garçons sont à présent en train de passer en revue tous les fichiers et programmes de la grand-mère de Marie. Il y a en a des dizaines. Mais pas celui du jeu. Pas de Dernier Monde. Introuvable.

— Il a peut-être été enregistré sous un autre nom, propose Basile. Reprenons la liste encore une fois.

— Là, dit soudain madame Christophe en pointant du doigt un programme au nom évocateur : Petit Jeu entre Amis. Je ne connais pas ce fichier.

— Vous en êtes sûre ?

— Certaine. Ça ne peut être que ça. Et puis, pas le temps de se poser des questions. Écrasez-moi cela. Vite !

Anatole s'exécute. L'ordinateur se met à ronfler méchamment.

Tous retiennent leur souffle. Il est déjà 19 heures. Si Anatole et Basile ne réussissent pas, le jeu sera bel et bien en ligne dans cinq heures, dévorant les enfants comme des bonbons à la fraise. Tout cela à cause de leur bêtise, qu'ils digèrent difficilement, à présent. Ils avaient bien vu que quelque chose n'était pas normal, dans ce jeu. Qu'il était bien trop fabuleux. Bien trop époustouflant pour être un simple jeu. Mais voilà, l'attrait du nouveau, la découverte d'étranges pouvoirs… Tout cela a été plus fort que la raison.

— Et prévenir la police ? hasarde encore Marie.

Madame Christophe soupire alors que ses deux amis secouent tristement la tête.

— Pensez-vous vraiment qu'ils nous croiront ?

— Mais bon, il est enfin supprimé, ce truc ?

— Cela peut prendre quelques instants, dit encore Basile sans quitter l'écran des yeux.

— C'est long, soupire Marie.

Pourtant, quelques secondes plus tard, tout s'arrête. L'écran devient noir avant d'afficher dans les immuables caractères dorés tant appréciés du magicien :

Il est impossible d'écraser ce fichier. Na et re-na !

Et un rire sinistre, qu'ils connaissent trop bien, se propage dans la pièce.

— Vous avez perdu ! Je vous l'ai déjà dit ! Allez vous coucher, maintenant ! ricane joyeusement la voix.

— Ce n'est pas possible, gémit Basile, atterré, cherchant du regard où apparaîtra l'affreux magicien.

Mais il doit être occupé à autre chose et rien ne se passe.

— Le magicien a tout prévu : on ne peut pas écraser ce jeu, et rien ne sert de s'en prendre à la machine, chuchote Anatole en faisant signe à ses amis de se rapprocher. Alors, on va le prendre à son propre jeu. On va laisser le Dernier Monde se répandre, grossir, enfler, prendre toute l'ampleur possible, et même au-delà ! Mais pas chez les autres enfants, non, ça, on ne va pas lui en laisser le temps. Écoutez-moi. J'ai une idée !

Anatole a même plus qu'une idée : il vient de se lancer un nouveau défi personnel. Il n'est pas un crack en informatique pour rien. Si tout se passe comme il le prévoit, il va pouvoir offrir à l'affreux magicien une petite surprise de sa composition.

18.

La fine équipe se met au travail. Et elle en a beaucoup devant elle. Basile et Anatole ont passé un coup de fil à leurs parents pour les rassurer en essayant de mentir le moins possible. Après tout, ils vont bien passer la soirée chez Marie pour *achever* un jeu... Et la grand-mère de la jeune fille les raccompagnera. Pendant ce temps, les deux amis de madame Christophe ont tambouriné à la porte de tous les habitants du quartier.

Bientôt, l'épicerie grouille de monde. Tellement de gens ont répondu à l'appel de détresse que l'on a investi le trottoir et même la rue. Des jeunes, portant un blouson et une casquette vissée sur la tête, des familles entières, des personnes âgées : tout le quartier est là. Madame Christophe a préparé de la limonade pour les enfants. On a installé des tables de camping et rapporté des thermos de café pour avoir l'esprit clair et le cœur au chaud. Anatole, debout sur une table, au milieu de la rue, explique le fonctionnement du jeu. Dans un silence cérémonieux, petits et grands écoutent les conseils du garçon. Ensuite, les ordinateurs portables sont branchés les uns aux autres pour former un énorme réseau qui aboutit à l'ordinateur de madame Christophe. Du jamais vu ! Qui aurait pu penser que ce quartier de si mauvaise réputation pouvait être si solidaire ?

Mais il est déjà tard et il ne reste que peu de temps avant le lancement du jeu. Il faut faire vite.

Pendant que les amis de Carole Christophe entrent le code, Basile passe entre les tables donnant encore quelques explications. Anatole, lui, s'isole avec un ordinateur pour se concentrer sur son mystérieux projet.

Enfin, le jeu peut commencer. Dans le bureau, l'ordinateur, surmené, ronfle mais résiste. Marie et Basile volent entre les ordinateurs, aidant leurs nouveaux partenaires de jeu à combattre les monstres. Cette fois, ce n'est pas le bureau qui se transforme en un champ de bataille, mais tout le quartier. Bientôt, des lianes se mêlent aux bocaux de cornichons et filent sur la devanture de La Relève. Un ruisseau cascade sur le comptoir, le pas de la porte et la bordure du trottoir avant de se jeter dans le caniveau où nagent des salamandres. Mais rien ne peut distraire les joueurs, qui s'entraînent sur la démo pour être prêts quand le jeu sera lancé sur Internet.

Dans le brouhaha ambiant, la voix ténébreuse du magicien se met à ricaner. Basile et Marie courent dans le bureau. L'ordinateur est toujours allumé sur le Dernier Monde. La machine semble prête à exploser, boursouflée de toute part.

— Vous ne pourrez rien contre moi. Dans trois minutes, le jeu sera en ligne. Il est trop tard, trop tard…

Eurékaj'aitrouvé apparaît dans son nuage préféré de fumée mauve.

— Alors, mes amis ? Que cherchez-vous donc à faire ? Vous m'offrez de nouveaux joueurs ? Trop aimable ! Quel que soit votre but, je vous l'ai dit, vous avez perdu… plus que deux minutes trente. Vingt-neuf, vingt-huit…

C'est à ce moment qu'Anatole déboule dans la pièce en criant.

— Je l'ai, ça y est !

Il s'interrompt en voyant le magicien.

— Ha, vous êtes encore là, vous ? Profitez bien de ces dernières minutes, vous risquez de ne guère apprécier ce qui va se passer. Sur ce, nous vous laissons, nous n'avons pas de temps à vous consacrer maintenant ! Adieu !

Plantant là le magicien décontenancé, Anatole se rue dans l'épicerie et crie :

— J'ai le code, j'ai le code ! Je l'ai trouvé ! Le code de triche qui permet de réussir à tous les coups le dernier niveau. Si tout se passe bien, non seulement le programme va être surchargé par les téléchargements et les sessions simultanées, mais en plus, tous les joueurs sans exception vont gagner la partie, et le programme n'est certainement pas conçu pour supporter ça. Enfin, c'est ce que j'espère. Préparez-vous, il est presque minuit, nous allons quitter la démo dans quelques secondes.

Il est minuit une précise. Tout le quartier du Marais se met à télécharger le Dernier Monde, le véritable jeu cette fois, et à y jouer frénétiquement, pour le canaliser ici et tenter de le faire exploser.

Un marécage s'étend maintenant jusqu'au cimetière, se mêlant au sable désertique qui s'échappe d'un ordinateur voisin… Les sessions se mélangent, grossissent et craquent. Les joueurs réussissent sans problème à déjouer tous les pièges grâce à l'aide des trois enfants, et Anatole court d'un poste à l'autre pour fournir son précieux code de triche qu'il a réussi à dénicher grâce à son habileté.

L'ordinateur du bureau, dont les circuits sont mis à rude épreuve, gémit de plus belle.

— Il va planter, murmure Basile à l'oreille de son copain.

— Non, il va tenir. Il le faut : s'il plante avant que nous n'ayons fait exploser le programme, tous nos amis, et encore bien d'autres enfants, tomberont entre les griffes de ce monstre…

Le temps passe… Les mondes grossissent encore. La végétation, les marécages et le sable s'étendent à perte de vue et des créatures plus étranges les unes que les autres sautent de tous côtés. Un caméléon trempe sa langue râpeuse dans une tasse de café bouillant, une cigogne rose essaie de gober une araignée ailée, des fleurs avec des pieds palmés poursuivent des pigeons à écailles. C'est le chaos le plus complet.

L'ordinateur du bureau semble à présent avoir doublé de volume, et il enfle encore…

« Vite… encore plus vite… », prie Anatole de tout son cœur.

— Non, non ! hurle le magicien, hors de lui. Vous n'avez pas le droit !

Au milieu des tables, il essaie d'un bras de repousser la faune qui se déverse dans l'épicerie, et de l'autre, de contenir la forêt qui s'épaissit. En vain… L'épicerie gémit, les ordinateurs râlent.

— Qu'est-ce que tout cela ? Tu n'as pas le droit. C'est mon jeu ! Tu vas tout détruire ! Mais que fais-tu ? Que fais-tu ? hurle-t-il, pâle comme un linge.

Anatole fixe le magicien du regard, les bras croisés et, cette fois, le sourire du vainqueur aux lèvres :

— Je me venge ! La magie ne fait pas tout. Parfois, il suffit juste d'être plus rusé que son ennemi…

Puis, il y a un bruit de détonation. Fracassant. Assourdissant. Tous les ordinateurs s'éteignent de concert. En un clic, les étranges apparitions s'évanouissent et l'obscurité se fait. La fête est finie.

— Au feu ! crie alors Marie, sortant du bureau. Tout brûle !

19.

Le quartier du Marais fait la une des journaux, le matin du 23 décembre : « Un incendie a pris dans l'arrière-boutique d'une épicerie, à cause d'un ordinateur qui aurait surchauffé. On ne connaît pas les réelles circonstances de cet accident. Tout ce que l'on sait, c'est que le feu a pu être rapidement maîtrisé grâce à l'intervention de tous les habitants du quartier et, surtout de trois enfants. Un bel exemple de solidarité en cette période de Noël. Les dégâts sont uniquement d'ordre matériel. »

C'est la version officielle. Sur la photo qui prend la moitié de la page, on peut voir Basile, Anatole et Marie qui se donnent la main.

En revanche, même en lisant attentivement les dernières colonnes du journal, aucune allusion n'est faite à un nouveau jeu informatique, un jeu révolutionnaire gobeur d'enfants. Le Dernier Monde est bel et bien mort, emportant trois corsaires et un magicien avec lui.

— Dis, Anatole, que faisais-tu dans ce quartier ? Tu ne m'avais pas dit que ton amie habitait là ! s'exclame sa mère, horrifiée, en découvrant l'article.

Anatole se pince les lèvres. Non, il ne doit pas mentir. Plus jamais. Interdit !

— Je vais t'expliquer, maman… mais, avant tout, tu dois savoir que cette épicerie et ce quartier ne sont pas aussi dangereux que tout le monde le dit. Il n'y a que des gens merveilleux, là-bas. Je t'assure, balbutie-t-il, le souffle court, attendant la sanction.

— « Le maire félicite tous les habitants du Marais. "Un quartier de paix", précise-t-il. Et puis, il félicite surtout les trois enfants, pour tout le courage qu'ils ont démontré. », lit encore sa mère.

Cette fois, c'est un sourire de fierté qui illumine son visage.

— Tu as été formidable. Je suis fière de toi. Et tu as sans doute raison. On a parfois de drôles de préjugés, continue-t-elle. Pourquoi cette épicerie cacherait-elle des brigands, d'ailleurs ?

Anatole sent ses joues rosir. Si elle savait ! Il y avait bien un brigand, et de taille, mais pas un ami de madame Christophe, c'est sûr ! Un de ceux que l'on ne rencontre pas souvent et qui fait grandir d'un coup.

— Avec Basile, on aimerait bien aider la grand-mère de Marie, l'épicière, à réparer les dégâts, reprend Anatole. C'est quelqu'un de fantastique.

— C'est une bonne idée, Anatole. D'ailleurs, on devrait tous aller l'aider. C'est Noël, après tout ! Et d'après mes souvenirs, fêter Noël, c'est aussi ça. J'ai bien envie de la rencontrer, cette épicière !

Anatole embrasse sa mère et se met à dévorer sa tartine de confiture. Il a du pain sur la planche. Un vrai travail ! Un vrai défi, sans monstres à trucider ni canyons à traverser ! Un défi à sa hauteur, quoi !

— Dis donc, l'apostrophe encore sa mère, en parlant de Noël, tu ne voudrais pas avoir le dernier jeu vidéo Monstres contre Aliens sous le sapin ? Ton cousin dit que c'est vraiment extra !

Anatole devient blanc puis rouge :

— Oh, tu sais, l'ordinateur… les jeux… Bof ! Je préférerais un bon livre.

— Un livre sur les campagnols, par exemple ?

Anatole se met à rire de bon cœur.

— Oui, sur les campagnols. Après tout, j'ai un exposé à finir !

RELISEZ LE DÉBUT DES AVENTURES D'ANATOLE DANS :

INTERDIT !